Maxim Gorki

Am Boden

Максим Горький

На дне

Classic Pages

M. Gorki/М. Горький

Am Boden/На дне

zweisprachige Ausgabe/двуязычное издание

Übersetzung aus dem Russischen von August Scholz

Reihe: classic pages

Auflage 2010 | ISBN: 978-3-86267-011-6

Europäischer Literaturverlag GmbH

Umschlag: Ausschnitt aus dem Gemälde „Wanderer"
von W. G. Perow /Обложка: „Странник"В. Г. Перова.

www.elv-verlag.de

Am Boden

На дне

Inhalt:

Personen 6

Erster Aufzug 8

Zweiter Aufzug 66

Dritter Aufzug 112

Vierter Aufzug 162

Содержание:

На дне 7

Действие первое..9

Действие второе..67

Действие третье...113

Действие четвертое 163

Am Boden

Konstantin Petrowitsch Pjatnizkij gewidmet

M. Gorki

Personen:

Kostýlew, Michail Iwánow, 54 Jahre alt, Herbergswirt.

Wassilíssa Kárpowna, seine Frau, 26 Jahre alt.

Natáscha, ihre Schwester, 20 Jahre alt.

Medwédew, Onkel der beiden, Polizist, 50 Jahre alt.

Wásjka Pépel, 28 Jahre alt.

Kleschtsch, Andrej Mitrítsch, Schlosser, 40 Jahre alt.

Ánna, seine Frau, 30 Jahre alt.

Nástja, ein Mädchen, 24 Jahre alt.

Kwaschnjá, ein Hökerweib, etwa 40 Jahre alt.

Bubnów, Mützenmacher, 45 Jahre alt.

Sátin, etwa 40 Jahre alt.

Ein Schauspieler, 40 Jahre alt.

Ein Baron, 32 Jahre alt.

Luká, ein Pilger, 60 Jahre alt.

Aljóschka, ein Schuhmacher, 20 Jahre alt.

Schiefkopf

Ein Tatar

Ein paar Landstreicher ohne Namen – stumme Rollen.

На дне

Посвящаю Константину Петровичу Пятницкому

М. Горький

Действующие лица:

Михаил Иванов Костылев, *54 лет, содержатель ночлежки.*

Василиса Карповна, *его жена, 26 лет.*

Наташа, *ее сестра, 20 лет.*

Медведев, *их дядя, полицейский, 50 лет.*

Васька Пепел, *28 лет.*

Клещ Андрей Митрич, *слесарь, 40 лет.*

Анна, *его жена, 30 лет.*

Настя, *девица, 24 лет.*

Квашня, *торговка пельменями, под 40 лет.*

Бубнов, *картузник, 45 лет.*

Барон, *33 лет.*

Сатин, *около 40 лет.*

Актер, *приблизительно одного возраста: лет под 40.*

Лука, *странник, 60 лет.*

Алешка, *сапожник, 20 лет.*

Кривой зоб

Татарин

Крючники, *несколько босяков без имен и речей.*

Erster Aufzug

Ein höhlenartiger Kellerraum. Die massive, schwere Deckenwölbung ist von Rauch geschwärzt, ihr Kalkbewurf abgefallen. Das Licht fällt vom Zuschauer her auf die Bühne, und von oben nach unten, durch ein quadratisches Fenster auf der rechten Seite. Die rechte Ecke wird von Pepels Kammer eingenommen, die durch dünne Scheidewände von dem übrigen Raum abgetrennt ist; neben der Tür, die in diese Kammer führt, befindet sich Bubnows Pritsche. In der linken Ecke ein großer russischer Ofen; in der linken, massiven Wand die Tür zur Küche, in der Kwaschnja, der Baron und Nastja wohnen. Zwischen dem Ofen und der Tür an der Wand ein breites Bett, das ein unsauberer Kattunvorhang verbirgt. Überall an den Wänden Pritschen. Im Vordergrund an der Wand links ein Holzklotz mit einem Schraubstock und einem kleinen Amboss, die beide an dem Klotz befestigt sind; vor diesem ein zweiter, kleinerer Holzklotz, auf dem Kleschtsch vor dem Amboss sitzt. Er hat ein paar alte Schlösser in Arbeit, in die er Schlüssel einpasst. Zu seinen Füßen zwei große Bunde verschiedener Schlüssel, die auf Drahtringe aufgereiht sind, ein verbogener blecherner Samowar, ein Hammer, Feilen. In der Mitte des Raumes ein großer Tisch, zwei Bänke, ein Hocker, alles ohne Anstrich und unsauber. Am Tische Kwaschnja, die sich am Samowar zu schaffen macht und die Hausfrau spielt, ferner der Baron, der an einem Stück Schwarzbrot kaut, und Nastja, die auf einem Hocker sitzt, sich mit den Ellbogen auf den Tisch stützt und in einem zerfetzten Buch liest. Auf dem Bett, hinter dem Vorhang, liegt Anna, die man häufig husten hört. Bubnow sitzt auf seiner Pritsche, misst auf einer Holzform für Mützen, die er zwischen den Knien hält, ein paar alte, zertrennte Beinkleider ab und überlegt, wie er sie zu Mützen zuschneiden soll. Neben ihm eine zerbrochene Hutschachtel, die er zu Mützenschirmen zerschneidet, Stücke Wachsleinwand, Abfälle. Satin, der eben erwacht ist, liegt auf der Pritsche und brüllt. Auf dem Ofen liegt, dem Zuschauer unsichtbar, der Schauspieler, man hört ihn husten und hin und her rücken.

Es ist Morgen, im Anfang des Frühlings.

Действие первое

Подвал, похожий на пещеру. Потолок — тяжелые, каменные своды, закопченные, с обвалившейся штукатуркой. Свет — от зрителя и, сверху вниз, — из квадратного окна с правой стороны. Правый угол занят отгороженной тонкими переборками комнатой Пепла, около двери в эту комнату — нары Бубнова. В левом углу — большая русская печь; в левой — каменной — стене — дверь в кухню, где живут Квашня, Барон, Настя. Между печью и дверью у стены — широкая кровать, закрытая грязным ситцевым пологом. Везде по стенам — нары. На переднем плане у левой стены — обрубок дерева с тисками и маленькой наковальней, прикрепленными к нему, и другой, пониже первого. На последнем, перед наковальней, сидит Клещ, примеривая ключи к старым замкам. У ног его — две большие связки разных ключей, надетых на кольца из проволоки, исковерканный самовар из жести, молоток, подпилки. Посредине ночлежки — большой стол, две скамьи, табурет, все — некрашеное и грязное. За столом, у самовара, Квашня хозяйничает, Барон жует черный хлеб и Настя, на табурете, читает, облокотясь на стол, растрепанную книжку. На постели, закрытая пологом, кашляет Анна. Бубнов, сидя на нарах, примеряет на болванке для шапок, зажатой в коленях, старые, распоротые брюки, соображая, как нужно кроить. Около него — изодранная картонка из-под шляпы — для козырьков, куски клеенки, тряпье. Сатин только что проснулся, лежит на нарах и — рычит. На печке, невидимый, возится и кашляет Актер.

Начало весны. Утро.

Der Baron: Also weiter!

Kwaschnja: Nee, sag ich dir, mein Lieber – damit bleib mir hübsch weg! Ich kann ein Lied davon singen, sag ich dir … Nicht zehn Pferde bringen mich zum zweiten Mal an den Traualtar!

Bubnow zu Satin: Was grunzt du denn?

Satin brüllt.

Kwaschnja: Ich um 'ne Mannsperson meine Freiheit verkaufen? Ich mich wieder an 'nen Kerl hängen – wo ich jetzt so dastehe, dass mir keiner was zu sagen hat? Fällt mir nicht im Traum ein! Und wenn's ein Prinz aus Amerika wäre – ich mag ihn nicht haben!

Kleschtsch: Du schwindelst ja!

Kwaschnja: Wa-as?

Kleschtsch: Schwindeln tust du. Den Abramka heiratest du …

Der Baron nimmt Nastja das Buch weg, liest den Titel: »Verhängnisvolle Liebe« … Lacht.

Nastja streckt die Hand nach dem Buche aus: Gib her! … Gib's zurück! Na … lass deine Späße! Der Baron sieht sie an und schwenkt dabei das Buch in der Luft.

Kwaschnja zu Kleschtsch: Du bist es, der schwindelt, rothaariger Ziegenbock, du! Wie kannst du so frech mit mir reden?

Der Baron gibt Nastja mit dem Buch einen Klaps auf den Kopf: Bist 'ne dumme Gans, Nastjka …

Nastja nimmt ihm das Buch weg: Gib her! …

Kleschtsch zu Kwaschnja: Was für 'ne große Dame … Und den Abramka heiratest du doch … zappelst nur so drauf …

Kwaschnja: Natürlich! Das fehlte mir grade … was denn noch? Und du – hast dein Weib da halb tot geprügelt –

Kleschtsch: Halt's Maul, alte Hexe! Was geht's dich an? …

Kwaschnja: Aha! Die Wahrheit kannst du nicht hören!

Барон. Дальше!

Квашня. Не-ет, говорю, милый, с этим ты от меня поди прочь. Я, говорю, это испытала... и теперь уж — ни за сто печеных раков — под венец не пойду!

Бубнов (Сатину). Ты чего хрюкаешь?

Сатин рычит.

Квашня. Чтобы я, — говорю, — свободная женщина, сама себе хозяйка, да кому-нибудь в паспорт вписалась, чтобы я мужчине в крепость себя отдала — нет! Да будь он хоть принц американский, — не подумаю замуж за него идти.

Клещ. Врешь!

Квашня. Чего-о?

Клещ. Врешь! Обвенчаешься с Абрамкой...

Барон (выхватив у Насти книжку, читает название). «Роковая любовь»... (Хохочет.)

Настя (протягивая руку). Дай... отдай! Ну... не балуй!

Барон смотрит на нее, помахивая книжкой в воздухе

Квашня (Клещу). Козел ты рыжий! Туда же — врешь! Да как ты смеешь говорить мне такое дерзкое слово?

Барон (ударяя книгой по голове Настю). Дура ты, Настька...

Настя (отнимает книгу). Дай...

Клещ. Велика барыня!.. А с Абрамкой ты обвенчаешься... только того и ждешь...

Квашня. Конечно! Еще бы... как же! Ты вон заездил жену-то до полусмерти...

Клещ. Молчать, старая собака! Не твое это дело...

Квашня. А-а! Не терпишь правды!

Der Baron: Jetzt geht's los! Nastja – wo bist du?

Nastja ohne den Kopf zu heben: Was? Lass mich in Ruhe!

Anna steckt den Kopf hinter dem Bettvorhang hervor: 's ist schon Tag. Um Gottes willen ... schreit nicht ... zankt euch nicht!

Kleschtsch: Da, sie greint wieder!

Anna: Jeden Tag, den Gott gibt, streitet ihr euch ... Lasst mich wenigstens ruhig sterben!

Bubnow: Der Lärm hindert dich doch nicht am Sterben ...

Kwaschnja tritt an Annas Lager: Sag Mütterchen, wie hast du's nur mit solch einem Schuft aushalten können?

Anna: Lass mich in Frieden ... lass mich ...

Kwaschnja: Nun, nun! Du arme Duldnerin! ... Wird's noch immer nicht besser mit deiner Brust?

Der Baron: 's ist Zeit, dass wir auf 'n Markt gehen, Kwaschnja! ...

Kwaschnja: Gleich gehen wir. Zu Anna. Magst du ein paar heiße Pastetchen?

Anna: Nicht nötig ... ich dank dir schön. Wozu soll ich noch essen?

Kwaschnja: Iss nur! Heißes Essen tut immer gut – es löst. Ich will sie dir in 'ne Tasse tun und beiseite stellen ... wenn du Appetit bekommst, iss! Zum Baron. Gehen wir, gnädiger Herr! Zu Kleschtsch. Hu, du Satan ... Ab in die Küche.

Anna hustet: O Gott ...

Der Baron stößt Nastja leicht in den Nacken: Wirf doch die Schwarte weg ... närrisches Ding!

Nastja murmelt: Geh schon ... ich bin dir doch nicht im Wege! Der Baron pfeift vor sich hin; ab hinter Kwaschnja.

Satin richtet sich von seiner Pritsche auf: Wer hat mich eigentlich gestern verhauen?

Барон. Началось! Настька — ты где?

Настя (не поднимая головы). А?.. Уйди!

Анна (высовывая голову из-за полога). Начался день! Бога ради... не кричите... не ругайтесь вы!

Клещ. Заныла!

Анна. Каждый божий день... дайте хоть умереть спокойно!

Бубнов. Шум — смерти не помеха...

Квашня (подходя к Анне). И как ты, мать моя, с таким злыднем жила?

Анна. Оставь... отстань...

Квашня. Ну-ну! Эх ты... терпеливица!.. Что, не легче в груди-то?

Барон. Квашня! На базар пора...

Квашня. Идем, сейчас! (Анне.) Хочешь, пельмешков горяченьких дам?

Анна. Не надо... спасибо! Зачем мне есть?

Квашня. А ты — поешь. Горячее — мягчит. Я тебе в чашку отложу и оставлю... захочешь когда, и покушай! Идем, барин... (Клещу.) У, нечистый дух... (Уходит в кухню.)

Анна (кашляя). Господи...

Барон (тихонько толкает Настю в затылок). Брось... дуреха!

Настя (бормочет). Убирайся... я тебе не мешаю.

Барон, насвистывая, уходит за Квашней

Сатин (приподнимаясь на нарах). Кто это бил меня вчера?

Bubnow: Kann dir das nicht gleich sein?

Satin: Das schon ... aber was war der Grund?

Bubnow: Habt ihr Karten gespielt?

Satin: Allerdings ...

Bubnow: Dabei wird's wohl passiert sein ...

Satin: Diese Schurken!

Der Schauspieler auf dem Ofen, den Kopf vorstreckend: Einmal werden sie dich noch ganz totschlagen ...

Satin: Und du bist ein Dummkopf!

Der Schauspieler: Ein Dummkopf? Wieso?

Satin: Na – zweimal können Sie mich doch nicht totschlagen!

Der Schauspieler nach kurzem Schweigen: Versteh ich nicht – warum können sie das nicht?

Kleschtsch: Kriech vom Ofen runter und räum die Bude auf! Verzärtelst dich viel zu sehr ...

Der Schauspieler: Das geht dich gar nichts an ...

Kleschtsch: Wart ... wenn Wassilissa kommt, die wird's dir besorgen ...

Der Schauspieler: Der Teufel hole die Wassilissa! Heut muss der Baron aufräumen, er ist dran ... Baron!

Der Baron kommt aus der Küche herein: Hab keine Zeit ... ich muss mit Kwaschnja auf den Markt ...

Der Schauspieler: Das ist mir ganz gleich ... geh meinetwegen zum Henker ... aber die Stube musst du ausfegen, du bist an der Reihe ... Fällt mir nicht ein, mich für andere zu rackern ...

Der Baron: Na, dann hol dich der Teufel! Nastenjka wird ausfegen ... He, du – verhängnisvolle Liebe! Wach auf! Nimmt Nastja das Buch weg.

Nastja erhebt sich: Was willst du? Gib her! Frecher Kerl! Das will 'n feiner Herr sein ...

Бубнов. А тебе не все равно?..

Сатин. Положим, так... А за что били?

Бубнов. В карты играл?

Сатин. Играл...

Бубнов. За это и били...

Сатин. М-мерзавцы...

Актер (высовывая голову с печи). Однажды тебя совсем убьют... до смерти...

Сатин. А ты — болван.

Актер. Почему?

Сатин. Потому что — дважды убить нельзя.

Актер (помолчав). Не понимаю... почему — нельзя?

Клещ. А ты слезай с печи-то да убирай квартиру... чего нежишься?

Актер. Это дело не твое...

Клещ. А вот Василиса придет — она тебе покажет, чье дело...

Актер. К черту Василису! Сегодня баронова очередь убираться... Барон!

Барон (выходя из кухни). Мне некогда убираться... я на базар иду с Квашней.

Актер. Это меня не касается... иди хоть на каторгу... а пол мести твоя очередь... я за других не стану работать...

Барон. Ну, черт с тобой! Настёнка подметет... Эй, ты, роковая любовь! Очнись! (Отнимает книгу у Насти.)

Настя (вставая). Что тебе нужно? Дай сюда! Озорник! А еще — барин...

Der Baron gibt ihr das Buch zurück: Du, Nastja, feg doch für mich aus – ja?

Nastja geht nach der Küche ab: Das fehlte mir gerade ... was denn sonst noch?

Kwaschnja von der Küche her, durch die Tür; zum Baron: So komm doch endlich! Sie werden schon aufräumen, auch ohne dich ... Wenn man dich drum bittet, musst du's tun, Schauspieler! Wirst dir nicht gleich die Rippen brechen!

Der Schauspieler: Immer ich ... hm ... das versteh ich nicht ...

Der Baron trägt an einem Tragejoch zwei Körbe aus der Küche; in den Körben befinden sich bauchige Töpfe, die mit Zeuglappen bedeckt sind: 's ist heute recht schwer ...

Satin: Es hat sich wirklich verlohnt, dass du als Baron zur Welt gekommen bist!

Kwaschnja zum Schauspieler: Sieh schon zu, dass du ausfegst! Ab in den Hausflur, wohin sie den Baron vorausgehen lässt.

Der Schauspieler kriecht vom Ofen herunter: Ich darf keinen Staub einatmen ... das schadet mir. Selbstbewusst. Mein Organismus ist mit Alkohol vergiftete ... Sitzt nachdenklich auf der Pritsche.

Satin: Organon ... Organismus ...

Anna zu Kleschtsch: Andrej Mitritsch ...

Kleschtsch: Was gibt's wieder?

Anna: Die Kwaschnja hat Pasteten für mich dagelassen ... geh, iss du sie!

Kleschtsch tritt näher an ihr Lager: Wirst du nicht essen?

Anna: Ich mag nicht ... Wozu soll ich essen? Du arbeitest ... du musst essen ...

Kleschtsch: Hast Angst? Hab keine Angst ... vielleicht wird's wieder gut ...

Anna: Geh, iss! Mir ist so schwer ums Herz ... es geht bald zu Ende ...

Барон (отдавая книгу). Настя! Подмети пол за меня — ладно?

Настя (уходя в кухню). Очень нужно... как же!

Квашня (в двери из кухни — Барону). А ты — иди! Уберутся без тебя... Актер! тебя просят, — ты и сделай... не переломишься, чай!

Актер. Ну... всегда я... не понимаю...

Барон (выносит из кухни на коромысле корзины. В них — корчаги, покрытые тряпками). Сегодня что-то тяжело...

Сатин. Стоило тебе родиться бароном...

Квашня (Актеру). Ты смотри же, — подмети! (Выходит в сени, пропустив вперед себя Барона.)

Актер (слезая с печи). Мне вредно дышать пылью. (С гордостью.) Мой организм отравлен алкоголем... (Задумывается, сидя на нарах.)

Сатин. Организм... органон...

Анна. Андрей Митрич...

Клещ. Что еще?

Анна. Там пельмени мне оставила Квашня... возьми поешь.

Клещ (подходя к ней). А ты — не будешь?

Анна. Не хочу... На что мне есть? Ты — работник... тебе — надо...

Клещ. Боишься? Не бойся... может, еще...

Анна. Иди, кушай! Тяжело мне... видно, скоро уж...

Kleschtsch entfernt sich von ihr: Nicht doch ... vielleicht – stehst du wieder auf ... 's ist schon vorgekommen! Ab in die Küche.

Der Schauspieler laut, als wenn er plötzlich aus dem Traum erwacht: Gestern, im Krankenhaus, sagte der Doktor zu mir: Ihr Organismus ist durch und durch mit Alkohol vergiftet ...

Satin lächelt: Organon ...

Der Schauspieler mit Nachdruck: Nicht Organon, sondern Or‑ga‑nis‑mus ...

Satin: Sikambrer ...

Der Schauspieler mit abwehrender Handbewegung: Ach, Unsinn! Ich rede im Ernst – ja ... Mein Organismus ist vergiftet ... folglich schadet es mir, wenn ich die Stube ausfege ... und den Staub einatme ...

Satin: Makrobiotik ... ha!

Bubnow: Was brummst du da?

Satin: Wörter ... Dann gibt's noch ein Wort: Transzendental ...

Bubnow: Was bedeutet das?

Satin: Weiß nicht ... hab's vergessen ...

Bubnow: Warum sagst du es also?

Satin: So ... Unsere gewöhnlichen Wörter hab ich satt, mein Lieber ... Jedes von ihnen hab ich wenigstens tausendmal gehört ...

Der Schauspieler: »Worte, nichts als Worte!« heißt es im Hamlet. Ein großartiges Stück, der Hamlet! ... Ich hab darin den Totengräber gespielt ...

Kleschtsch kommt aus der Küche: Wirst du nun bald mit dem Besen spielen?

Der Schauspieler: Das geht dich 'nen Quark an ... Schlägt sich mit der Faust vor die Brust. Ophelia! Schließ in dein Gebet all meine Sünden ein!

Hinter der Szene, irgendwo in der Ferne, lässt sich dumpfes Lärmen und Schreien und der Pfiff eines Polizisten vernehmen.

Клещ (отходя). Ничего... может — встанешь... бывает! (Уходит в кухню.)

Актер (громко, как бы вдруг проснувшись). Вчера, в лечебнице, доктор сказал мне: ваш, говорит, организм — совершенно отравлен алкоголем...

Сатин (улыбаясь). Органон...

Актер (настойчиво). Не органон, а ор-га-ни-зм...

Сатин. Сикамбр...

Актер (машет на него рукой). Э, вздор! Я говорю — серьезно... да. Если организм — отравлен... значит, — мне вредно мести пол... дышать пылью...

Сатин. Макробиотика... ха!

Бубнов. Ты чего бормочешь?

Сатин. Слова... А то еще есть — транс-сцедентальный...

Бубнов. Это что?

Сатин. Не знаю... забыл...

Бубнов. А к чему говоришь?

Сатин. Так... Надоели мне, брат, все человеческие слова... все наши слова — надоели! Каждое из них слышал я... наверное, тысячу раз...

Актер. В драме «Гамлет» говорится: «Слова, слова, слова!» Хорошая вещь... Я играл в ней могильщика...

Клещ (выходя из кухни). Ты с метлой играть скоро будешь?

Актер. Не твое дело... (Ударяет себя в грудь рукой.) «Офелия! О... помяни меня в твоих молитвах!..»

За сценой, где-то далеко, — глухой шум, крики, свисток полицейского.

Kleschtsch setzt sich an die Arbeit; man hört das Geräusch seiner Feile.

Satin: Ich liebe die seltsamen, unverständlichen Wörter ... Als junger Mann ... ich war damals beim Telegrafendienst ... hab ich viele Bücher gelesen ...

Bubnow: Telegrafist bist du auch gewesen?

Satin: Gewiss! Lächelt. Es gibt sehr schöne Bücher ... und eine Menge interessanter Wörter ... Ich war ein Mann von Bildung, verstehst du?

Bubnow: Hab's schon gehört ... wohl hundertmal! Was einer war, darauf pfeift die Welt. Ich war zum Beispiel Kürschner ... hab mein eigenes Geschäft gehabt ... Meine Arme waren ganz gelb – von der Farbe, weißt du, wenn ich die Pelze färbte – ganz gelb, mein Lieber, bis an die Ellbogen ran! Ich dachte schon, ich würde sie mein Lebtag nicht mehr reinwaschen, sondern so, mit den gelben Händen ins Grab steigen ... Na, und jetzt sind sie ... einfach schmutzig ... ja!

Satin: Und was weiter?

Bubnow: Weiter nichts ...

Satin: Was willst du damit sagen?

Bubnow: Ich meine nur ... beispielshalber ... Mag sich einer von außen noch so bunt anmalen – es reibt sich alles wieder ab ... alles wieder ab, ja!

Satin: Hm, die Knochen tun mir weh!

Der Schauspieler sitzt da, die Arme um die Knie geschlungen: Bildung ist Unsinn, die Hauptsache ist Talent. Ich hab einen Schauspieler gekannt, der hat seine Rollen buchstabiert, aber spielen konnte er seine Helden, dass das Theater in den Fugen krachte ... von der Begeisterung des Publikums ...

Satin: Bubnow, gib mir 'n Fünfer!

Bubnow: Hab selber nur zwei Kopeken ...

Клещ садится за работу и скрипит подпилком

Сатин. Люблю непонятные, редкие слова... Когда я был мальчишкой... служил на телеграфе... я много читал книг...

Бубнов. А ты был и телеграфистом?

Сатин. Был... (Усмехаясь.) Есть очень хорошие книги... и множество любопытных слов... Я был образованным человеком... знаешь?

Бубнов. Слыхал... сто раз! Ну и был... эка важность!.. Я вот — скорняк был... свое заведение имел... Руки у меня были такие желтые — от краски: меха подкрашивал я, — такие, брат, руки были желтые — по локоть! Я уж думал, что до самой смерти не отмою... так с желтыми руками и помру... А теперь вот они, руки... просто грязные... да!

Сатин. Ну и что же?

Бубнов. И больше ничего...

Сатин. Ты это к чему?

Бубнов. Так... для соображения... Выходит — снаружи как себя ни раскрашивай, все сотрется... все сотрется, да!

Сатин. А... кости у меня болят!

Актер (сидит, обняв руками колени). Образование — чепуха, главное — талант. Я знал артиста... он читал роли по складам, но мог играть героев так, что... театр трещал и шатался от восторга публики...

Сатин. Бубнов, дай пятачок!

Бубнов. У меня всего две копейки...

Der Schauspieler: Talent muss ein Heldenspieler haben, das behaupt ich. Talent – das ist der Glaube an sich selbst, an die eigne Kraft ...

Satin: Gib mir 'nen Fünfer, und ich will dir's glauben, dass du ein Talent, ein Held, ein Krokodil, ein Reviervorsteher bist ... Kleschtsch, gib 'nen Fünfer her!

Kleschtsch: Geh zum Teufel! Da könnte jeder kommen ...

Satin: Schimpf doch nicht gleich! Ich weiß ja, du hast selber nichts ...

Anna: Andrej Mitritsch ... es ist so stickig ... ich krieg keine Luft ...

Kleschtsch: Was kann ich dazu tun?

Bubnow: Mach die Tür nach dem Hausflur auf!

Kleschtsch: Hast schön reden! Du sitzt auf der Pritsche, und ich auf der Erde ... Lass mich mit dir tauschen, dann mach ich auf ... Bin ohnedies erkältet ...

Bubnow in ruhigem Tone: Meinetwegen lass es ... deine Frau bittet drum ...

Kleschtsch finster: Da könnte jeder kommen ...

Satin: Der Schädel brummt mir ... äh! Warum sich die Leute nur immer gegenseitig auf die Köpfe schlagen?

Bubnow: Sie schlagen sich nicht bloß auf die Köpfe, sondern auch auf die andern Körperteile. Erhebt sich. Ich muss mir Zwirn besorgen ... Unsere Wirtsleute lassen sich heut so lange nicht sehen ... sind am Ende verreckt! Ab. Anna hustet. Satin hat die Hände unter den Nacken geschoben und liegt unbeweglich da.

Der Schauspieler schaut melancholisch um sich und tritt dann auf Anna zu: Wie steht's? Schlecht?

Anna: So stickig ist's hier ...

Актер. Я говорю — талант, вот что нужно герою. А талант — это вера в себя, в свою силу...

Сатин. Дай мне пятак, и я поверю, что ты талант, герой, крокодил, частный пристав... Клещ, дай пятак!

Клещ. Пошел к черту! Много вас тут...

Сатин. Чего ты ругаешься? Ведь у тебя нет ни гроша, я знаю...

Анна. Андрей Митрич... Душно мне... трудно...

Клещ. Что же я сделаю?

Бубнов. Дверь в сени отвори...

Клещ. Ладно! Ты сидишь на нарах, а я — на полу... пусти меня на свое место, да и отворяй... а я и без того простужен...

Бубнов (спокойно). Мне отворять не надо... твоя жена просит...

Клещ (угрюмо). Мало ли кто чего попросил бы...

Сатин. Гудит у меня голова... эх! И зачем люди бьют друг друга по башкам?

Бубнов. Они не только по башкам, а и по всему прочему телу. (Встает.) Пойти, ниток купить... А хозяев наших чего-то долго не видать сегодня... словно издохли. (Уходит.)

Анна кашляет. Сатин, закинув руки под голову, лежит неподвижно.

Актер (тоскливо осмотревшись вокруг, подходит к Анне). Что? Плохо?

Анна. Душно.

Der Schauspieler: Ich führ dich in den Hausflur, wenn du willst. Steh auf. Er hilft der Kranken, die sich vom Lager aufrichtet, wirft ihr ein altes Tuch um die Schultern und stützt sie, während sie in den Hausflur wankt. Nun, nun ... immer Mut! Auch ich bin ein kranker Mensch ... bin mit Alkohol vergiftet. Kostylew tritt ein.

Kostylew in der Tür: 'nen Spaziergang machen? Was für ein schmuckes Pärchen – der Bock mit der Zicke! ...

Der Schauspieler: Tritt auf die Seite ... siehst du nicht, dass hier Kranke kommen?

Kostylew: Bitte, geht vorüber. Die Melodie eines Kirchenliedes vor sich hinsummend, hält er misstrauisch Umschau in dem Keller und neigt den Kopf nach links, als wollte er etwas in Pepels Kammer belauschen. Kleschtsch klappert wütend mit den Schlüsseln und feilt heftig darauf los, wobei er den Wirt mit finstern Blicken beobachtet. Na, raspelst du fleißig?

Kleschtsch: Was?

Kostylew: Ob du fleißig raspelst, frag ich ...

Pause.

Hm – ja, was wollt ich doch gleich sagen? Hastig, mit leiser Stimme. War meine Frau nicht da?

Kleschtsch: Hab sie nicht gesehen ...

Kostylew nähert sich behutsam der Tür von Pepels Kammer: Wie viel Platz du mir wegnimmst für deine zwei Rubel monatlich! Das Bett dort ... du selber sitzt ewig hier – n-ja! Wenigstens für fünf Rubel Raum, bei Gott! Ich werde dich um 'nen halben Rubel steigern müssen ...

Kleschtsch: Leg mir doch gleich 'nen Strick um den Hals ... und erwürg mich! Wirts bald krepieren und denkst nur ans Geldmachen ...

Kostylew: Warum soll ich dich erwürgen? Wer hätte davon einen Nutzen? Lebe in Gottes Namen und sei vergnügt ... Ich steigre dich um 'nen halben Rubel, kaufe Öl für die heilige Lampe – und mein Opfer wird brennen vor dem Heiligenbilde ... zur Vergebung

Актер. Хочешь — в сени выведу? Ну, вставай. (Помогает женщине подняться, накидывает ей на плечи какую-то рухлядь и, поддерживая, ведет в сени.) Ну-ну... твердо! Я — сам больной... отравлен алкоголем...

Костылев (в дверях). На прогулку? Ах, и хороша парочка, баран да ярочка...

Актер. А ты — посторонись... видишь — больные идут?..

Костылев. Проходи, изволь... (Напевая под нос что-то божественное, подозрительно осматривает ночлежку и склоняет голову налево, как бы прислушиваясь к чему-то в комнате Пепла.)

Клещ ожесточенно звякает ключами и скрипит подпилком, исподлобья следя за хозяином

Скрипишь?

Клещ. Чего?

Костылев. Скрипишь, говорю?

Пауза.

А-а... того... что бишь я хотел спросить? (Быстро и негромко.) Жена не была здесь?

Клещ. Не видал...

Костылев (осторожно подвигаясь к двери в комнату Пепла). Сколько ты у меня за два-то рубля в месяц места занимаешь! Кровать... сам сидишь... н-да! На пять целковых места, ей-богу! Надо будет накинуть на тебя полтинничек...

Клещ. Ты петлю на меня накинь да задави... Издохнешь скоро, а все о полтинниках думаешь...

Костылев. Зачем тебя давить? Кому от этого польза? Господь с тобой, живи, знай, в свое удовольствие... А я на тебя полтинку накину, — маслица в лампаду куплю... и будет перед святой иконой жертва моя гореть... И за меня жертва

meiner Sünden und auch der deinigen ... du selber denkst doch nie an deine Sünden, siehst du ... Ach, Andrjuschka, was für ein schlechter Kerl bist du doch! Deine Frau hat die Auszehrung gekriegt, so hast du ihr zugesetzt ... kein Mensch hat dich gern, kein Mensch achtet dich ... deine Arbeit ist so geräuschvoll, für jedermann störend ...

Kleschtsch schreit: Bist du gekommen ... um auf mich loszuhacken? Satin brüllt laut.

Kostylew fährt zusammen: Ach ... was fällt dir ein, mein Lieber!

Der Schauspieler kommt herein: Im Hausflur hab ich sie untergebracht, die arme Frau ... hab sie hübsch eingemummelt ...

Kostylew: Was für ein guter Mensch du bist! Sehr löblich von dir ... Wird dir alles vergolten werden ...

Der Schauspieler: Wann?

Kostylew: Im Jenseits, Brüderchen ... Dort wird über alles, über jede unsrer Handlungen genau Rechnung geführt ...

Der Schauspieler: Wie wär's, wenn du mich schon hier für mein gutes Herz belohntest?

Kostylew: Wie könnt ich das?

Der Schauspieler: Lass mir die Hälfte meiner Schuld nach ...

Kostylew: He, he! Musst immer deine Späßchen machen, kleiner Schäker, immer necken! ... Kann man Herzensgüte überhaupt mit Geld bezahlen? Herzensgüte steht höher als alle Schätze dieser Welt. Na, und deine Schuld – ist eben eine Schuld! Die musst du einfach begleichen ... Herzensgüte musst du mir altem Manne unentgeltlich erweisen.

Der Schauspieler: Bist 'n Filou, alter Mann ... Ab in die Küche. Kleschtsch erhebt sich und geht in den Hausflur.

Kostylew zu Satin. Wer ging da eben fort? Der Raspler? Er kann mich nicht leiden, he he ...

Satin: Wer könnte dich leiden – außerm Teufel ...

пойдет, в воздаяние грехов моих, и за тебя тоже. Ведь сам ты о грехах своих не думаешь... ну вот... Эх, Андрюшка, злой ты человек! Жена твоя зачахла от твоего злодейства... никто тебя не любит, не уважает... работа твоя скрипучая, беспокойная для всех...

Клещ (кричит). Ты что меня... травить пришел?

Сатин громко рычит.

Костылев (вздрогнув). Эк ты, батюшка...

Актер (входит). Усадил бабу в сенях, закутал...

Костылев. Экой ты добрый, брат! Хорошо это... это зачтется все тебе...

Актер. Когда?

Костылев. На том свете, братик... там все, всякое деяние наше учитывают...

Актер. А ты бы вот здесь наградил меня за доброту...

Костылев. Это как же я могу?

Актер. Скости половину долга...

Костылев. Хе-хе! Ты все шутишь, милачок, все играешь... Разве доброту сердца с деньгами можно равнять? Доброта — она превыше всех благ. А долг твой мне — это так и есть долг! Значит, должен ты его мне возместить... Доброта твоя мне, старцу, безвозмездно должна быть оказана...

Актер. Шельма ты, старец... (Уходит в кухню.)

Клещ встает и уходит в сени.

Костылев (Сатину). Скрипун-то? Убежал, хе-хе! Не любит он меня...

Сатин. Кто тебя — кроме черта — любит...

Kostylew lächelt spöttisch: Du musst nicht gleich schimpfen! Ich hab euch doch alle so gern ... meine lieben Brüderchen, ihr meine Galgenvögel und Taugenichtse ... Plötzlich, rasch. Sag mal ... ist Wasjka zu Hause?

Satin: Sieh nach ...

Kostylew geht nach der Tür von Wasjkas Kammer und klopft: Wasjka! Der Schauspieler erscheint in der Tür, die nach der Küche führt; er kaut irgend etwas.

Pepel: Wer ist da?

Kostylew: Ich bin's ... ich, Wasjka ...

Pepel: Was willst du?

Kostylew zurücktretend: Mach mal auf ...

Satin ohne Kostylew anzusehen: Er würde schon aufmachen, aber ... sie ist drin ... Der Schauspieler räuspert sich.

Kostylew unruhig, leise: He? Wer ist drin? Was ... sagst du?

Satin: Hm? Sprichst du zu mir?

Kostylew: Was sagtest du?

Satin: Nichts weiter ... nur so ... für mich ...

Kostylew: Nimm dich in acht, mein Lieber! Lass deine Späße ... ja! Klopft langsam an die Tür. Wassilij! ...

Pepel öffnet die Tür: Na, warum störst du mich?

Kostylew guckt in Pepels Kammer: Ich wollte dir nämlich ... verstehst du ...

Pepel: Hast du das Geld gebracht?

Kostylew: Ich möchte mit dir was besprechen ...

Pepel: Hast du das Geld gebracht?

Kostylew: Was für Geld? Erlaub mal ...

Pepel: Die sieben Rubel für die Uhr – na?

Костылев (посмеиваясь). Экой ты ругатель! А я вас всех люблю... я понимаю, братия вы моя несчастная, никудышная, пропащая... (Вдруг, быстро.) А... Васька — дома?

Сатин. Погляди...

Костылев (подходит к двери и стучит). Вася!

Актер появляется в двери из кухни. Он что-то жует.

Пепел. Кто это?

Костылев. Это я... я, Вася.

Пепел. Что надо?

Костылев (отодвигаясь). Отвори...

Сатин (не глядя на Костылева). Он отворит, а она — там...

Актер фыркает.

Костылев (беспокойно, негромко). А? Кто — там? Ты... что?

Сатин. Чего? Ты — мне говоришь?

Костылев. Ты что сказал?

Сатин. Это я так... про себя...

Костылев. Смотри, брат! Шути в меру... да! (Сильно стучит в дверь.) Василий!..

Пепел (отворяя дверь). Ну? Чего беспокоишь?

Костылев (заглядывая в комнату). Я... видишь — ты...

Пепел. Деньги принес?

Костылев. Дело у меня к тебе...

Пепел. Деньги — принес?

Костылев. Какие? Погоди...

Пепел. Деньги, семь рублей, за часы — ну?

Kostylew: Für welche Uhr, Wasjka? ... Ach du ...

Pepel: Sieh dich vor, du! Nur keine Winkelzüge! Ich hab dir gestern vor Zeugen eine Taschenuhr verkauft für zehn Rubel ... Drei hab ich bekommen, die übrigen sieben verlang ich jetzt. Nur raus damit! Was plinkerst du denn so? Schleicht hier rum, beunruhigt die Leute ... und vergisst die Hauptsache ...

Kostylew: Ss-st! Nicht gleich so böse, Wasjka ... Die Taschenuhr war doch ...

Satin: Gestohlen ...

Kostylew streng: Ich kaufe niemals gestohlene Sachen ... wie kannst du ...

Pepel fasst ihn an der Schulter: Sag mal – was belästigst du mich? Was willst du von mir?

Kostylew: Ich? Gar nichts ... ich geh schon ... wenn du so bist ...

Pepel: Scher dich fort, hol das Geld!

Kostylew im Abgehen: Ist das ein grobes Volk! Oh, oh!

Der Schauspieler: Die richtige Komödie!

Satin: Sehr gut! So hab ich's gern ...

Pepel: Was wollte er hier eigentlich?

Satin lachend: Das hast du noch nicht begriffen? Seine Frau sucht er ... Sag mal, Wassilij – warum bringst du den Kerl nicht um die Ecke?

Pepel: Um so 'nen Schuft mein Leben verpfuschen? Ne ...

Satin: Musst es natürlich schlau anfangen. Heiratest dann die Wassilissa ... und wirst unser Herbergsvater ...

Pepel: Da hätt ich mal was Rechtes! Ihr würdet meine ganze Wirtschaft versaufen und mich selber dazu ... bin viel zu gutherzig für euch ... Setzt sich auf die Pritsche. So 'n alter Satan! Weckt mich aus 'm besten Schlaf auf ... Ich hatte grade so 'nen schönen Traum: Ich träumte, dass ich angelte, und mit einem Mal saß mir 'n mächtiger Blei an der Angel!

Костылев. Какие часы, Вася?.. Ах, ты...

Пепел. Ну, ты гляди! Вчера, при свидетелях, я тебе продал часы за десять рублей... три — получил, семь — подай! Чего глазами хлопаешь? Шляется тут, беспокоит людей... а дела своего не знает...

Костылев. Ш-ш! Не сердись, Вася... Часы, — они...

Сатин. Краденые...

Костылев (строго). Я краденого не принимаю... как ты можешь...

Пепел (берет его за плечо). Ты — зачем меня встревожил? Чего тебе надо?

Костылев. Да... мне — ничего... я уйду... если ты такой...

Пепел. Ступай, принеси деньги!

Костылев (уходит.) Экие грубые люди! Ай-яй...

Актер. Комедия!

Сатин. Хорошо! Это я люблю...

Пепел. Чего он тут?

Сатин (смеясь). Не понимаешь? Жену ищет... и чего ты не пришибешь его, Василий?!

Пепел. Стану я из-за такой дряни жизнь себе портить...

Сатин. А ты — умненько. Потом — женись на Василисе... хозяином нашим будешь...

Пепел. Велика радость! Вы не токмо все мое хозяйство, а и меня, по доброте моей, в кабаке пропьете... (Садится на нары.) Старый черт... разбудил... А я — сон хороший видел: будто ловлю я рыбу, и попал мне — огромаднейший лещ!

Ein Blei, sag ich euch ... nur im Traume gibt's solche Riesenkerle ... Ich zieh und zieh ihn und hab Angst, dass die Schnur zerreißt ... und wie ich eben mit 'm Handnetz zufassen will, da ... mit einem Mal ...

Satin: ... war's gar kein Blei, sondern die Wassilissa ...

Der Schauspieler: Die ist ihm schon längst ins Netz gegangen ...

Pepel ärgerlich: Schert euch zum Teufel mit eurer Wassilissa!

Kleschtsch kommt aus dem Hausflur: Ist das 'ne Hundekälte ...

Der Schauspieler: Warum hast du die Anna nicht reingeführt? Die erfriert ja draußen ...

Kleschtsch: Nataschka hat sie zu sich in die Küche genommen ...

Der Schauspieler: Der Alte wird sie rauswerfen ...

Kleschtsch setzt sich an seine Arbeit: Nataschka wird sie schon herbringen ...

Satin: Wassilij, spendier mal 'nen Fünfer ...

Der Schauspieler zu Satin: Ach was, 'nen Fünfer. Wasja, gib uns 'nen Zwanziger ...

Pepel: Ich muss mich beeilen ... sonst verlangt ihr noch 'nen ganzen Rubel ... da! Gibt dem Schauspieler ein Geldstück.

Satin: Giblartarr. 's gibt keine besseren Menschen auf der Welt als die Diebe!

Kleschtsch: Die kommen auf leichte Art zu Gelde ... Sie arbeiten nicht ...

Satin: Zu Gelde kommen viele auf leichte Art, aber nicht viele können sich auf leichte Art davon trennen ... Arbeit! Richt es so ein, dass die Arbeit mir Freude macht, dann werde ich vielleicht auch arbeiten ... ja! Vielleicht! Ist die Arbeit ein Vergnügen – dann ist das Leben schön! Ist die Arbeit aber erzwungen – dann wird das Leben zur elenden Sklaverei! Zum Schauspieler. Komm, Sardanapal! Wir wollen gehen ...

Такой лещ, — только во сне эдакие и бывают... И вот я его вожу на удочке и боюсь, — лёса оборвется! И приготовил сачок... вот, думаю, сейчас...

Сатин. Это не лещ, а Василиса была...

Актер. Василису он давно поймал...

Пепел (сердито). Подите вы к чертям... да и с ней вместе!

Клещ (входит из сеней). Холодище... собачий...

Актер. Ты что же Анну не привел? Замерзнет...

Клещ. Ее Наташка в кухню увела к себе...

Актер. Старик — выгонит...

Клещ (садясь работать). Ну... Наташка приведет...

Сатин. Василий! Дай пятак...

Актер (Сатину). Эх ты... пятак! Вася! Дай нам двугривенный...

Пепел. Надо скорее дать... пока рубля не просите... на!

Сатин. Гиблартарр! Нет на свете людей лучше воров!

Клещ (угрюмо). Им легко деньги достаются... Они — не работают...

Сатин. Многим деньги легко достаются, да немногие легко с ними расстаются... Работа? Сделай так, чтоб работа была мне приятна — я, может быть, буду работать... да! Может быть! Когда труд — удовольствие, жизнь — хороша! Когда труд — обязанность, жизнь — рабство! (Актеру.) Ты, Сарданапал! Идем...

Der Schauspieler: Komm, Nebukadnezar! Ich will mich betrinken – wie vierzigtausend Säufer ...

Beide ab.

Pepel gähnt: Na, was macht deine Frau?

Kleschtsch: Es geht zu Ende, scheint's ...

Pause.

Pepel: Wenn ich dir so zuseh – kommt deine ganze Raspelei mir zwecklos vor ...

Kleschtsch: Was soll ich denn sonst tun?

Pepel: Gar nichts ...

Kleschtsch: Wovon soll ich leben?

Pepel: Sieh die andren Leute an – die quälen sich nicht und leben doch!

Kleschtsch: Andre Leute? Meinst wohl das Lumpenpack hier, die Gauner und Tagediebe ... nette Leute das! 'ne Schande ist's, wenn man's so mit ansieht ... Ich bin ein Mensch, der arbeitet ... von Kindesbeinen an hab ich gearbeitet ... Meinst du, ich krabble mich nicht mehr raus aus dem Loch hier? Ganz gewiss tu ich's – und wenn meine Haut dabei in Fetzen geht, aber raus muss ich ... Lass nur erst meine Frau sterben ... ein halbes Jahr hab ich hier zugebracht ... und mir ist's, als wären es sechs Jahre gewesen ...

Pepel: Red keinen Unsinn ... Hast vor keinem was voraus! Keine Ehre haben sie, kein Gewissen ...

Pepel in gleichgültigem Tone: Was brauchen sie Ehre und Gewissen? Die ersetzen ihnen die Stiefel nicht, wenn sie im Winter frieren ... Ehre und Gewissen brauchen jene, die Macht und Gewalt haben ...

Bubnow tritt ein: Hu-uh! Bin ich durchgefroren!

Pepel: Sag mal, Bubnow – hast du ein Gewissen?

Bubnow: Wa-as? Ein Gewissen?

Pepel bejahend: Hm ...

Актер. Идем, Навуходоноссор! Напьюсь — как... сорок тысяч пьяниц...

Уходят.

Пепел (зевая). Что, как жена твоя?

Клещ. Видно, скоро уж...

Пауза.

Пепел. Смотрю я на тебя, — зря ты скрипишь.

Клещ. А что делать?

Пепел. Ничего...

Клещ. А как есть буду?

Пепел. Живут же люди...

Клещ. Эти? Какие они люди? Рвань, золотая рота... люди! Я — рабочий человек... мне глядеть на них стыдно... я с малых лет работаю... Ты думаешь, я не вырвусь отсюда? Вылезу... кожу сдеру, а вылезу... Вот, погоди... умрет жена... Я здесь полгода прожил... а все равно как шесть лет...

Пепел. Никто здесь тебя не хуже... напрасно ты говоришь...

Клещ. Не хуже! Живут без чести, без совести...

Пепел (равнодушно). А куда они — честь, совесть? На ноги, вместо сапогов, не наденешь ни чести, ни совести... Честь-совесть тем нужна, у кого власть да сила есть...

Бубнов (входит). У-у... озяб!

Пепел. Бубнов! У тебя совесть есть?

Бубнов. Чего-о? Совесть?

Пепел. Ну да!

Bubnow: Was brauch ich ein Gewissen? Ich bin kein reicher Mann ...

Pepel: Das sag ich auch: Ehre und Gewissen sind nur für die Reichen nötig, ja! Und Kleschtsch ist eben über uns hergezogen: wir hätten kein Gewissen, sagt er ...

Bubnow: Wollt er sich eins von uns borgen?

Pepel: Hat selber genug von dem Zeug ...

Bubnow: Also willst du's verkaufen? Na, hier wird's dir niemand abnehmen. Ja, wenn's zerbrochene Pappschachteln wären, die würd ich kaufen ... aber auch nur auf Pump ...

Pepel in belehrendem Tone zu Kleschtsch: Bist 'n dummer Kerl, Andrjuschka! Solltest mal hören, wie Satin über's Gewissen denkt ... oder der Baron ...

Kleschtsch: Ich mag's gar nicht wissen ...

Pepel: Die haben auch mehr weg als du ... wenn sie auch Säufer sind ...

Bubnow: Ein kluger Kerl, der säugt, ist das Doppelte wert ...

Pepel: Satin sagt: Jeder Mensch will, dass sein Nachbar ein Gewissen habe – ihm selbst aber ist's unbequem ... Und das stimmt ... Natascha tritt ein. Hinter ihr Luka, mit einem Wandstab in der Hand, einem Ranzen auf dem Rücken, einem kleinen Kessel und einer Teekanne am Gürtel.

Luka: Guten Tag, ehrbare Leute!

Pepel streicht sich den Schnurrbart: A-ah, Natascha!

Bubnow zu Luka: Ehrbar waren wir mal, aber seit vorvergangenem Frühjahr ...

Natascha: Hier, ein neuer Mietsmann ...

Luka zu Bubnow: Hat nichts zu sagen! Ich weiß auch Spitzbuben zu achten – ein Floh, mein ich, ist so gut wie der andre: alle sind schwarz, und alle hopsen ... so ist's. Wo soll ich mich hier einquartieren, meine Liebe?

Бубнов. На что совесть? Я — не богатый...

Пепел. Вот и я то же говорю: честь-совесть богатым нужна, да! А Клещ ругает нас: нет, говорит, у нас совести...

Бубнов. А он что — занять хотел?

Пепел. У него — своей много...

Бубнов. Значит, продает? Ну, здесь этого никто не купит. Вот картонки ломаные я бы купил... да и то в долг...

Пепел (поучительно). Дурак ты, Андрюшка! Ты бы, насчет совести, Сатина послушал... а то — Барона...

Клещ. Не о чем мне с ними говорить...

Пепел. Они — поумнее тебя будут... хоть и пьяницы...

Бубнов. А кто пьян да умен — два угодья в нем...

Пепел. Сатин говорит: всякий человек хочет, чтобы сосед его совесть имел, да никому, видишь, не выгодно иметь-то ее. И это — верно...

Наташа входит. За нею — Лука с палкой в руке, с котомкой за плечами, котелком и чайником у пояса.

Лука. Доброго здоровья, народ честной!

Пепел (приглаживая усы). А-а, Наташа!

Бубнов (Луке). Был честной, да позапрошлой весной...

Наташа. Вот — новый постоялец...

Лука. Мне — все равно! Я и жуликов уважаю, по-моему, ни одна блоха — не плоха: все — черненькие, все — прыгают... так-то. Где тут, милая, приспособиться мне?

Natascha *zeigt auf die Tür zur Küche:* Geh da hinein, Großväterchen ...

Luka: Danke, meine Tochter. Ist mir recht ... Ein warmes Eckchen ... das ist für 'nen alten Mann die Hauptsache ... da fühlt er sich heimisch ...

Pepel: Was für 'nen spaßigen Graubart haben Sie uns da hergebracht, Natascha?

Natascha: Spaßiger ist er schon als Sie ... *Zu Kleschtsch.* Andrej, deine Frau ist bei uns in der Küche ... hol sie nach 'ner Weile.

Kleschtsch: Schon gut, ich hole sie dann ...

Natascha: Sei nur recht gut gegen sie ... es dauert ja nicht mehr lange ...

Kleschtsch: Ich weiß es ...

Natascha: Du weißt es ... das ist nicht genug! Mach dir nur klar, was das heißt: sterben ... Schrecklich ist's ...

Pepel: Ich fürchte mich nicht vorm Sterben ...

Natascha: Freilich, wer so tapfer ist ...

Bubnow *lässt einen Pfiff ertönen:* Der Zwirn taugt gar nichts ...

Pepel: Ich fürchte mich wirklich nicht! Auf der Stelle will ich sterben! Nehmen Sie ein Messer und stechen sie mich ins Herz – nicht 'nen Laut geb ich von mir! Mit Freuden sterb ich sogar ... von einer reinen Hand ...

Natascha *während sie abgeht:* Machen Sie andern was weis! ...

Bubnow *gedehnt:* Der Zwirn ist wirklich nicht zu gebrauchen ...

Natascha *von der Tür her, die nach dem Hausflur führt:* Vergiss deine Frau nicht, Andrej!

Kleschtsch: Schon gut ....

Pepel: Ein prächtiges Mädel ...

Bubnow: An dem Mädel ist nichts auszusetzen ...

Наташа (указывая на дверь в кухню). Туда, иди, дедушка...

Лука. Спасибо, девушка! Туда так туда... Старику — где тепло, там и родина...

Пепел. Какого занятного старичишку-то привели вы, Наташа...

Наташа. Поинтереснее вас... Андрей! Жена твоя в кухне у нас... ты, погодя, приди за ней.

Клещ. Ладно... приду...

Наташа. Ты бы, чай, теперь поласковее с ней обращался... ведь уж недолго...

Клещ. Знаю...

Наташа. Знаешь... Мало знать, ты — понимай. Ведь умирать-то страшно...

Пепел. А я вот — не боюсь...

Наташа. Как же!.. Храбрость...

Бубнов (свистнув). А нитки-то гнилые...

Пепел. Право, не боюсь! Хоть сейчас — смерть приму! Возьмите вы нож, ударьте против сердца... умру — не охну! Даже — с радостью, потому что — от чистой руки...

Наташа (уходит). Ну, вы другим уж зубы-то заговаривайте.

Бубнов (протяжно). А ниточки-то гнилые...

Наташа (у двери в сени). Не забудь, Андрей, про жену...

Клещ. Ладно...

Пепел. Славная девка!

Бубнов. Девица — ничего...

Pepel: Warum sie nur ... so sonderbar gegen mich ist? Will nichts von mir wissen ... Hier muss sie zugrunde gehen ...

Bubnow: Dafür wirst du schon sorgen ...

Pepel: Ich? Wieso ich? Mir tut sie leid ...

Bubnow: Wie das Lamm dem Wolfe ...

Pepel: Schwatz nicht! Sie tut mir wirklich ... sehr leid ... hat's hier nicht gut ... ich seh's doch ...

Kleschtsch: Wenn dich Wassilissa mit ihr sieht ... dann geht's dir schlecht ...

Bubnow: Ja, die Wassilissa! Die lässt sich die Butter nicht vom Brot nehmen ... ein Mordsweib ...

Pepel streckt sich auf der Pritsche aus: Hol euch beide der Teufel, ihr ... Propheten!

Kleschtsch: Wart's ab ... wirst ja sehen ...

Luka in der Küche, stimmt ein Lied an:

»Mitten in der dunklen Nacht
Ist kein Pfad, kein Weg zu schauen ...«

Kleschtsch geht in den Hausflur: Nu fängt der an zu heulen ... das fehlte noch ...

Pepel: Ich langweile mich ... Wie kommt das? Man lebt, man lebt, alles geht gut – und mit einem Mal ist's, als wär einem der Frost in die Glieder gefahren: Man langweilt sich ...

Bubnow: Du langweilst dich? Hm ...

Pepel: Ja ...

Luka in der Küche singt: »Ist kein Pfad, kein Weg zu schauen ...«

Pepel: Heda! Du, Alter!

Luka sieht durch die Tür herein: Meinst du mich?

Pepel: Ja, dich mein ich. Lass das Singen!

Пепел. Чего она со мной... так? Отвергает... Все равно ведь — пропадет здесь...

Бубнов. Через тебя пропадет...

Пепел. Зачем — через меня? Я ее — жалею...

Бубнов. Как волк овцу...

Пепел. Врешь ты! Я очень... жалею ее... Плохо ей тут жить... я вижу...

Клещ. Погоди, вот Василиса увидит тебя в разговоре с ней...

Бубнов. Василиса? Н-да, она своего даром не отдаст... баба — лютая...

Пепел (ложится на нары). Подите вы к чертям оба... пророки!

Клещ. Увидишь... погоди!..

Лука (в кухне, напевает). Середь но-очи... пу-уть-дорогу не-е видать...

Клещ (уходя в сени). Ишь воет... тоже...

Пепел. А скушно... чего это скушно мне бывает? Живешь-живешь — все хорошо! И вдруг — точно озябнешь: сделается скушно...

Бубнов. Скушно? М-м...

Пепел. Ей-ей!

Лука (поет). Эх, и не вида-ать пути-и...

Пепел. Старик! Эй!

Лука (выглядывая из двери). Это я?

Пепел. Ты. Не пой.

Luka *tritt näher:* Hörst du nicht gern singen?

Pepel: Wenn gut gesungen wird, hör ich's gern ...

Luka: Ich singe also nicht gut?

Pepel: 's ist nicht weit her ...

Luka: Sieh doch! Und ich dachte, dass ich sehr schön singe. So geht's aber immer: Der Mensch denkt bei sich: Das hast du gut gemacht! Und den Leuten gefällt's nicht ...

Pepel *lachend:* Das stimmt ...

Bubnow: Nanu? Du lachst ja! Und dabei sagst du, du langweilst dich!

Pepel: Was willst du? Alter Rabe ...

Luka: Wer langweilt sich?

Pepel: Ich. *Der Baron tritt ein.*

Luka: Sieh doch an! Und dort in der Küche sitzt ein Mädchen, liest in einem Buch und weint! Wahrhaftig! Ihre Tränen fließen nur so ... Ich frag sie: »Was fehlt dir, meine Liebe – he?« Und sie meint: »Sie tun mir so leid ...« – »Wer denn?« frag ich sie ... »Na, hier im Buch, die Leute«, sagt sie ... Mit so was verbringt nun ein Mensch seine Zeit, was? Auch aus Langeweile, scheint's ...

Der Baron: Das ist ja närrisch ...

Pepel: Hast du schon Tee getrunken, Baron?

Der Baron: Allerdings ... Was weiter?

Pepel: Soll ich 'ne Flasche Schnaps zum besten geben?

Der Baron: Versteht sich ... Was weiter?

Pepel: Kriech auf allen vieren und belle wie 'n Hund!

Der Baron: Dummkopf! Bist du ein Protz, ein Kaufmann? Oder bist du bezecht?

Pepel: Na, so bell schon! Es wird mir Spaß machen ... Bist 'n Herr ... 's gab mal 'ne Zeit, wo du unsereinen nicht für 'nen Menschen ansahst ...

Лука (выходит). Не любишь?

Пепел. Когда хорошо поют — люблю...

Лука. А я, значит, не хорошо?

Пепел. Стало быть...

Лука. Ишь ты! А я думал — хорошо пою. Вот всегда так выходит: человек-то думает про себя — хорошо я делаю! Хвать — а люди недовольны...

Пепел (смеясь). Вот! Верно...

Бубнов. Говоришь — скушно, а сам хохочешь.

Пепел. А тебе что? Ворон...

Лука. Это кому — скушно?

Пепел. Мне вот...

Барон входит.

Лука. Ишь ты! А там, в кухне, девица сидит, книгу читает и — плачет! Право! Слезы текут... Я ей говорю: милая, ты чего это, а? А она — жалко! Кого, говорю, жалко? А вот, говорит, в книжке... Вот чем человек занимается, а? Тоже, видно, со скуки...

Барон. Это — дура...

Пепел. Барон! Чай пил?

Барон. Пил... дальше!

Пепел. Хочешь — полбутылки поставлю?

Барон. Разумеется... дальше!

Пепел. Становись на четвереньки, лай собакой!

Барон. Дурак! Ты что — купец? Или — пьян?

Пепел. Ну, полай! Мне забавно будет... Ты барин... было у тебя время, когда ты нашего брата за человека не считал... и все такое...

Der Baron: Na – und was weiter?

Pepel: Was weiter? Na, und jetzt werd ich dich wie 'nen Hund bellen lassen. Wirst doch bellen, was?

Der Baron: Meinetwegen ... Dummkopf! Wie dir das nur Spaß machen kann ... Wo ich doch selbst weiß, dass ich womöglich noch tiefer gesunken bin als du ... Hättest es mal früher versuchen sollen, mich auf allen vieren kriechen zu lassen ... damals, als ich noch nicht deinesgleichen war ...

Bubnow: Hast recht!

Luka: Auch ich meine: So ist's richtig ...

Bubnow: Was gewesen ist, ist gewesen. Übrig geblieben ist nicht viel davon ... hier kennen wir keine Herren ... der Putz ist weg, nur der nackte Mensch ist geblieben ...

Luka: Alle sind gleich, heißt das ... Du warst also mal ein Baron, mein Lieber?

Der Baron: Was ist denn das für 'n Kerl? Wer bist du, alter Kauz?

Luka lacht: Einen Grafen hab ich schon gesehen und auch einen Fürsten ... einen Baron seh ich zum ersten Mal, und auch nur einen verkommenen ...

Pepel lacht: Ha ha ha! Du hast mich verlegen gemacht, Baron ...

Der Baron: Sei vernünftig, Wassilij ...

Luka: Ei, ei, meine Lieben! Wenn ich's mir so anseh ... euer Leben hier ... hm ...

Bubnow: Ein Leben, sag ich dir ... heulen könnte man, schon vom frühen Morgen an ...

Der Baron: Gewiss! Man hat's schon besser gehabt! Ich zum Beispiel ... wenn ich früh erwachte, trank ich meinen Kaffee im Bett ... Kaffee mit Sahne ... ja!

Барон. Ну, дальше!

Пепел. Чего же? А теперь вот я тебя заставлю лаять собакой — ты и будешь... ведь будешь?

Барон. Ну, буду! Болван! Какое тебе от этого может быть удовольствие, если я сам знаю, что стал чуть ли не хуже тебя? Ты бы меня тогда заставлял на четвереньках ходить, когда я был неровня тебе...

Бубнов. Верно!

Лука. И я скажу — хорошо!..

Бубнов. Что было — было, а остались — одни пустяки... Здесь господ нету... все слиняло, один голый человек остался...

Лука. Все, значит, равны... А ты, милый, бароном был?

Барон. Это что еще? Ты кто, кикимора?

Лука (смеется). Графа видал я и князя видал... а барона — первый раз встречаю, да и то испорченного...

Пепел (хохочет). Барон! А ты меня сконфузил...

Барон. Пора быть умнее, Василий...

Лука. Эхе-хе! Погляжу я на вас, братцы, — житье ваше — о-ой!..

Бубнов. Такое житье, что как поутру встал, так и за вытье...

Барон. Жили и лучше... да! Я... бывало... проснусь утром и, лежа в постели, кофе пью... кофе! — со сливками... да!

Luka: Und warst doch nur 'n Mensch wie alle andern! Was du auch anstellst, wie du dich auch aufspielst – als Mensch bist du geboren und wirst als Mensch sterben... Immer klüger, seh ich, werden die Leute, immer spaßiger... leben immer schlechter und wollen's doch immer besser haben... die Trotzköpfe!

Der Baron: Sag mal, Alter – wer bist du eigentlich? Woher kommst du?

Luka: Wer? Ich?

Der Baron: Bist wohl ein Pilger?

Luka: Wir sind alle Pilger hier auf Erden... Man sagt sogar, hab ich gehört, dass auch unsere Erde nur 'ne Pilgerin ist im Himmelsraum...

Der Baron streng: Das stimmt, aber nun sag mal... hast du einen Pass?

Luka zögernd: Wer bist du? Ein Geheimpolizist?

Pepel lebhaft: Gut gesagt, Alter! Was, Baronchen – der Hieb sitzt?

Bubnow: Hast dein Fett weg, gnädiger Herr...

Der Baron verlegen: Was denn? Ich spaße doch nur, Alter! Hab selber keine Papiere, mein Lieber...

Bubnow: Lüg doch nicht!

Der Baron: Das heißt... ich hab wohl Papiere... aber sie sind für die Katze...

Luka: So ist es mit allen Papieren... sie sind alle für die Katze....

Pepel: Komm, Baron! Wollen einen auf 'n Durst nehmen...

Der Baron: Ich bin dabei. Auf Wiedersehen, Alter... bist 'n Schelm!

Luka: Kann schon sein, mein Lieber...

Pepel an der Tür zum Hausflur: Na, so komm schon... Ab. Der Baron folgt ihm rasch.

Лука. А всё — люди! Как ни притворяйся, как ни вихляйся, а человеком родился, человеком и помрёшь... И всё, гляжу я, умнее люди становятся, всё занятнее... и хоть живут — всё хуже, а хотят — всё лучше... упрямые!

Барон. Ты, старик, кто такой?.. Откуда ты явился?

Лука. Я-то?

Барон. Странник?

Лука. Все мы на земле странники... Говорят, — слыхал я, — что и земля-то наша в небе странница.

Барон (строго). Это так, ну, а — паспорт имеешь?

Лука (не сразу). А ты кто, — сыщик?

Пепел (радостно). Ловко, старик! Что, Бароша, и тебе попало?

Бубнов. Н-да, получил барин...

Барон (сконфуженный). Ну, чего там? Я ведь... шучу, старик! У меня, брат, у самого бумаг нет...

Бубнов. Врёшь!

Барон. То есть... я имею бумаги... но — они никуда не годятся.

Лука. Они, бумажки-то, все такие... все никуда не годятся.

Пепел. Барон! Идём в трактир...

Барон. Готов! Ну, прощай, старик... шельма ты!

Лука. Всяко бывает, милый...

Пепел (у двери в сени). Ну, идём, что ли! (Уходит.)

Барон быстро идёт за ним.

Luka: Ist der Mensch wirklich ein Baron gewesen?

Bubnow: Wer mag's wissen? Vom Herrenstande ist er, das ist sicher. Möcht auch heut noch manchmal den Herrn rausbeißen. Hat sich's noch nicht abgewöhnt, scheint's.

Luka: 's ist mit dem Herrentum wie mit den Pocken ... der Mensch übersteht's, aber die Narben bleiben ...

Bubnow: Ist sonst 'n guter Kerl ... Nur dass er öfter mal patzig wird ... wie vorhin, wegen deines Passes ...

Aljoschka kommt betrunken herein, mit einer Harmonika unterm Arm; er pfeift: Heda, ihr Schlafburschen!

Bubnow: Was brüllst du denn?

Aljoschka: Entschuldigt nur ... verzeiht! Ich bin 'n gemütlicher Junge ...

Bubnow: Wieder mal durchgegangen?

Aljoschka: Aber gehörig! Eben hat mich der Wachtmeister Medjakin von der Wache fortgejagt – »Dass du dich auf der Straße nicht sehen lässt!« sagte er – »sonst wehe dir!« Na, ich bin doch 'n Kerl von Charakter ... Der Meister rüffelt mich natürlich ... Pah! Was ich mir aus 'm Meister mache! Der kann mich sonstwo suchen, der Saufsack ... Ich bin 'n Mensch, der ... überhaupt keinen Wunsch hat! Gar nichts will ich – abgemacht, basta! Da, nimm mich hin – für einen Rubel zwanzig kannst du mich kaufen! Und ich will überhaupt nichts haben. Nastja kommt aus der Küche herein. Gib mir 'ne Million – ich w-will sie nicht! Und dass 'n Saufsack, der nicht mehr ist als ich, mich guten Kerl kommandiert – das will ich nicht! Ich leid's nicht! Nastja ist an der Tür stehen geblieben und sieht kopfschüttelnd auf Aljoschka.

Luka gutmütig: Ach, Junge, was schwatzt du für Zeug ...

Bubnow: Zu dumme Kerle gibt's ...

Aljoschka streckt sich auf dem Fußboden hin: Da, friss mich! Und ich will gar nichts haben. Ich bin ein ganz toller Bursche! Erklärt mir doch mal: Bin ich schlechter als die andern? Warum sollt ich schlechter sein? Seht ihr! Medjakin sagt: »Zeig dich nicht auf der

Лука. В самом деле, человек-то бароном был?

Бубнов. Кто его знает? Барин, это верно... Он и теперь — нет-нет да вдруг и покажет барина из себя. Не отвык, видно, еще.

Лука. Оно, пожалуй, барство-то — как оспа... и выздоровеет человек, а знаки-то остаются...

Бубнов. Он ничего все-таки... Только так иногда брыкнется... вроде как насчет твоего паспорта...

Алешка (входит выпивши, с гармонией в руках. Свистит). Эй, жители!

Бубнов. Чего орешь?

Алешка. Извините... простите! Я человек вежливый...

Бубнов. Опять загулял?

Алешка. Сколько угодно! Сейчас из участка помощник пристава Медякин выгнал и говорит: чтобы, говорит, на улице тобой и не пахло... ни-ни! Я — человек с характером... А хозяин на меня фыркает... А что такое — хозяин? Ф-фе! Недоразумение одно... Пьяница он, хозяин-то... А я такой человек, что... ничего не желаю! Ничего не хочу и — шабаш! На, возьми меня за рубль за двадцать! А я — ничего не хочу.

Настя выходит из кухни.

Давай мне миллион — н-не хочу! И чтобы мной, хорошим человеком, командовал товарищ мой... пьяница, — не желаю! Не хочу!

Настя, стоя у двери, качает головой, глядя на Алешку.

Лука (добродушно). Эх, парень, запутался ты...

Бубнов. Дурость человеческая...

Алешка (ложится на пол). На, ешь меня! А я — ничего не хочу! Я — отчаянный человек! Объясните мне — кого я хуже? Почему я хуже прочих? Вот! Медякин говорит: на улицу не

Straße, sonst gibt's was in die Schnauze!« Ich geh aber doch ... quer über die Straße leg ich mich: Da, fahrt mich tot! Ich – will gar nichts haben! ...

Natascha: Unglücklicher! ... So jung, und macht sich so mausig! ...

Aljoschka erblickt sie und kniet vor ihr nieder: Mein Fräulein! Mamsell! Parlez français ... Preis-Courant! Ich hab einen Affen ...

Nastja flüstert laut: Wassilissa!

Wassilissa öffnet rasch die Tür, zu Aljoschka: Bist du schon wieder hier?!

Aljoschka: Guten Morgen! Bitte treten Sie näher ...

Wassilissa: Ein für allemal hab ich dir 's Haus verboten, du Köter – und du kommst doch wieder her?

Aljoschka: Wassilissa Karpowna – soll ich dir mal ... einen Trauermarsch vorspielen?

Wassilissa stößt ihn gegen die Schulter: Fort! Hinaus!

Aljoschka sich der Tür nähernd: Nein – nicht so! Erst der Trauermarsch ... hab ihn erst neulich gelernt! Ganz frische Musik ... wart mal! ..., So geht's nicht!

Wassilissa: Ich werde dir zeigen, ob's so geht ... die ganze Straße hetz ich auf dich – verdammter Klätscher ... So 'n grüner Bengel ... wird mich vor den Leuten schlecht machen ...

Aljoschka läuft hinaus: Na, ich geh ja schon ...

Wassilissa zu Bubnow: Dass er nicht wieder seinen Fuß hierher setzt! Hörst du?

Bubnow: Ich bin doch hier nicht als Wächter angestellt ...

Wassilissa: Was du bist, geht mich gar nichts an. Nur vergiss nicht, dass du hier nur aus Gnade lebst! Wie viel schuldest du mir?

Bubnow ruhig: Hab's nicht zusammengerechnet ...

Wassilissa: Dass ich's nicht zusammenrechne!

ходи — морду побью! А я — пойду... пойду лягу середь улицы — дави меня! Я — ничего не желаю!..

Настя. Несчастный!.. молоденький еще, а уж... так ломается...

Алешка (увидав ее, встает на колени). Барышня! Мамзель! Парле франсе... прейскурант! Загулял я...

Настя (громко шепчет). Василиса!

Василиса (быстро отворяя дверь, Алешке). Ты опять здесь?

Алешка. Здравствуйте... пожалуйте...

Василиса. Я тебе, щенку, сказала, чтобы духа твоего не было здесь... а ты опять пришел?

Алешка. Василиса Карповна... хошь я тебе... похоронный марш сыграю?

Василиса (толкает его в плечо). Вон!

Алешка (подвигаясь к двери). Постой... так нельзя! Похоронный марш... недавно выучил! Свежая музыка... погоди! так нельзя!

Василиса. Я тебе покажу — нельзя... я всю улицу натравлю на тебя... язычник ты проклятый... молод ты лаять про меня...

Алешка (выбегая). Ну, я уйду...

Василиса (Бубнову). Чтобы ноги его здесь не было! Слышишь?

Бубнов. Я тут не сторож тебе...

Василиса. А мне дела нет, кто ты таков! Из милости живешь — не забудь! Сколько должен мне?

Бубнов (спокойно). Не считал...

Василиса. Смотри — я посчитаю!

Aljoschka öffnet die Tür und schreit: Wassilissa Karpowna! Ich hab keine Angst vor dir ... gar keine Angst! Versteckt sich. Luka lacht.

Wassilissa: Wer bist du denn?

Luka: Ein Wandersmann ... von Ort zu Ort zieh ich ...

Wassilissa: Willst du nächtigen oder wohnen bleiben?

Luka: Will noch sehen ...

Wassilissa: Den Pass her!

Luka: Kannst ihn haben ...

Wassilissa: Gib her!

Luka: Ich gebe ihn dir schon ... nach der Wohnung trag ich dir ihn hin ...

Wassilissa: Ein Wandersmann ... siehst mir danach aus! Sag lieber gleich ein Landstreicher ... das wird eher stimmen ...

Luka mit einem Seufzer: Ach, du bist nicht sehr freundlich, Mütterchen ... Wassilissa geht nach der Tür, die zu Pepels Zimmer führt.

Aljoschka guckt aus der Küche herein, flüsternd: Ist sie fort? Hm?

Wassilissa wendet sich nach ihm um: Bist du noch immer da? Aljoschka versteckt sich und pfeift. Nastja und Luka lachen.

Bubnow zu Wassilissa: Er ist nicht da.

Wassilissa: Wer?

Bubnow: Na, Wasjka ...

Wassilissa: Hab ich dich nach ihm gefragt?

Bubnow: Ich seh doch, wie du in alle Ecken guckst ...

Wassilissa: Nach der Ordnung seh ich, verstanden? Warum habt ihr noch nicht ausgefegt? Wie oft hab ich's gesagt, dass ihr die Bude rein halten sollt?

Алешка (отворив дверь, кричит). Василиса Карповна! А я тебя не боюсь... н-не боюсь! (Прячется.)

Лука смеется.

Василиса. Ты кто такой?..

Лука. Проходящий... странствующий...

Василиса. Ночуешь или жить?

Лука. Погляжу там...

Василиса. Пачпорт!

Лука. Можно...

Василиса. Давай!

Лука. Я тебе принесу... на квартиру тебе приволоку его...

Василиса. Прохожий... тоже! Говорил бы — проходимец... всё ближе к правде-то...

Лука (вздохнув). Ах, и неласкова ты, мать...

Василиса идет к двери в комнату Пепла.

Алешка (выглядывая из кухни, шепчет). Ушла? а?

Василиса (оборачивается к нему). Ты еще здесь?

Алешка, скрываясь, свистит. Настя и Лука смеются.

Бубнов (Василисе). Нет его...

Василиса. Кого?

Бубнов. Васьки...

Василиса. Я тебя спрашивала про него?

Бубнов. Вижу я... заглядываешь ты везде...

Василиса. Я за порядком гляжу — понял? Это почему у вас до сей поры не метено? Я сколько раз приказывала, чтобы чисто было?

Bubnow: Der Schauspieler ist heute dran ...

Wassilissa: Das ist mir ganz gleich, wer dran ist! Wenn die Sanitätsleute kommen und mich in Strafe nehmen, jag ich euch alle zum Teufel!

Bubnow *gelassen*: Und wovon wirst du leben?

Wassilissa: Dass mir kein Stäubchen liegen bleibt! *Geht in die Küche. Zu Nastja.* Und du – was stehst du hier herum? Wovon ist deine Fratze so geschwollen? Was starrst du so blöde drein? Feg aus! Hast du nicht ... die Natalja gesehen? Ist sie hier gewesen?

Nastja: Ich weiß nicht ... hab sie nicht gesehn ...

Wassilissa: Bubnow! War meine Schwester da?

Bubnow: Sie hat doch den Alten hergebracht ...

Wassilissa: Und *er* ... war er zu Hause?

Bubnow: Wassilij? Gewiss ... mit Kleschtsch hat sie gesprochen ... die Natalja ...

Wassilissa: Ich frag dich nicht, mit wem sie gesprochen hat. Überall liegt Schmutz ... faustdicker Schmutz! Ach, ihr ... Schweine! Dass ihr mir hier Ordnung macht ... hört ihr? *Rasch ab.*

Bubnow: Die hat 'ne Portion Bosheit in sich!

Luka: Ein böses Frauchen!

Nastja: Bei dem Leben muss ja eins verrohen! An solch einen Mann gebunden zu sein – das soll ein Mensch aushalten!

Bubnow: Na, gar so fest fühlt sie sich nicht gebunden ...

Luka: Ist sie immer so ... bissig?

Bubnow: Immer ... Sie wollte hier ihren Liebsten besuchen, verstehst du, und der ist nicht da ...

Luka: So, drum der Ärger ... Ach ja! Was doch für Volk auf Erden rumkommandiert! ... Auf jede Art suchen sie die Menschen einzuschüchtern – und doch schaffen sie keine Ordnung im Leben ... keine Sauberkeit ...

Бубнов. Актеру мести...

Василиса. Мне дела нет — кому! А вот если санитары придут да штраф наложат, я тогда... всех вас — вон!

Бубнов (спокойно). А чем жить будешь?

Василиса. Чтобы соринки не было! (Идет в кухню. Насте.) Ты чего тут торчишь? Что рожа-то вспухла? Чего стоишь пнем? Мети пол! Наталью... видела? Была она тут?

Настя. Не знаю... не видела...

Василиса. Бубнов! Сестра была здесь?

Бубнов. А... вот его привела она...

Василиса. Этот... дома был?

Бубнов. Василий? Был... С Клещом она тут говорила, Наталья-то...

Василиса. Я тебя не спрашиваю — с кем! Грязь везде... грязища! Эх вы... свиньи! Чтобы было чисто... слышите! (Быстро уходит.)

Бубнов. Сколько в ней зверства, в бабе этой!

Лука. Сурьезная бабочка...

Настя. Озверeeшь в такой жизни... Привяжи всякого живого человека к такому мужу, как ее...

Бубнов. Ну, она не очень крепко привязана...

Лука. Всегда она так... разрывается?

Бубнов. Всегда... К любовнику, видишь, пришла, а его нет...

Лука. Обидно, значит, стало. Охо-хо! Сколько это разного народа на земле распоряжается... и всякими страхами друг дружку стращает, а все порядка нет в жизни... и чистоты нет...

Bubnow: Ordnung möchten sie wohl schaffen, doch die nötige Vernunft fehlt! ... Das heißt ... ausfegen müssen wir schließlich ... Nastja! Willst du's nicht tun?

Nastja: Das fehlte mir gerade! Ich bin doch nicht euer Stubenmädel ... Schweigt ein Weilchen. Betrinken will ich mich heut ... tüchtig betrinken!

Bubnow: Das ist mal was Gescheites!

Luka: Warum willst du dich denn betrinken, meine Tochter? Vorhin hast du geweint, und jetzt sagst du, du willst dich betrinken ...

Nastja herausfordernd: Und wenn ich mich betrunken habe, werde ich wieder weinen ... nun weißt du's!

Bubnow: Viel Sinn hat's nicht ...

Luka: Aber was für 'ne Ursache hast du denn, sag mal? Alles hat doch eine Ursache, selbst der kleinste Pickel im Gesicht! Nastja schweigt und schüttelt den Kopf.

Luka: Ei, ei! Seid ihr Menschen ... Was soll aus euch werden? Na, ich will mal ausfegen ... Wo habt ihr 'nen Besen?

Bubnow: Im Hausflur, hinter der Tür ... Luka ab in den Hausflur.

Bubnow: Sag mal, Nastenjka ...

Nastja: Hm?

Bubnow: Warum ist denn Wassilissa über den Aljoschka so hergefallen?

Nastja: Er hat erzählt, dass Wasjka sie nicht mehr mag ... dass er auf Natascha ein Auge geworfen hat ... Ich zieh hier fort, such mir ein andres Quartier ...

Bubnow: Warum denn?

Nastja: Es passt mir nicht mehr ...Ich bin hier überflüssig ...

Bubnow gelassen: Wo wärst du nicht überflüssig?! Schließlich sind wir alle hier auf Erden überflüssig ...

Бубнов. Все хотят порядка, да разума нехватка. Однако же надо подмести... Настя!.. Ты бы занялась...

Настя. Ну да, как же! Горничная я вам тут... (Помолчав.) Напьюсь вот я сегодня... так напьюсь!

Бубнов. И то — дело...

Лука. С чего же это ты, девица, пить хочешь? Давеча ты плакала, теперь вот говоришь — напьюсь!

Настя (вызывающе). А напьюсь — опять плакать буду... вот и все!

Бубнов. Не много...

Лука. Да от какой причины, скажи? Ведь так, без причины, и прыщ не вскочит...

Настя молчит, качая головой.

Так... Эхе-хе... господа люди! И что с вами будет?.. Ну-ка хоть я помету здесь. Где у вас метла?

Бубнов. За дверью, в сенях...

Лука идет в сени.

Настёнка!

Настя. А?

Бубнов. Чего Василиса на Алешку бросилась?

Настя. Он про нее говорил, что надоела она Ваське и что Васька бросить ее хочет... а Наташу взять себе... Уйду я отсюда... на другую квартиру.

Бубнов. Чего? Куда?

Настя. Надоело мне... Лишняя я здесь...

Бубнов (спокойно). Ты везде лишняя... да и все люди на земле — лишние...

Nastja schüttelt den Kopf. Sie erhebt sich und geht still in den Hausflur. Medwedew tritt ein, hinter ihm Luka mit dem Besen.

Medwedew zu Luka: Sag mal – wer bist du? Ich kenne dich nicht.

Luka: Kennst du denn sonst alle Leute?

Medwedew: In meinem Revier muss ich jeden kennen – und dich kenn ich nicht ...

Luka: Das kommt wohl daher, Onkelchen, dass dein Revier nicht die ganze Erde umfasst... 's ist da noch ein Endchen draußen geblieben ... Ab in die Küche.

Medwedew tritt auf Bubnow zu: Das stimmt, mein Revier ist nicht groß ... und der Dienst ist schlimmer, als in manchem großen ... Eben, wie ich abgelöst werden sollte, hab ich den Schuster Aljoschka eingelocht ... Legt sich der Kerl, verstehst du, quer über die Straße, spielt auf seiner Harmonika und brüllt: »Nichts will ich haben, nichts wünsch ich!« Und von beiden Seiten kommen Wagen, und überhaupt ... ein Trubel ... wie leicht kann der Mensch überfahren werden, oder sonst was ... Ein toller Bengel ... Na, ich hab ihn natürlich gleich vorgeführt ... er treibt's zu bunt ...

Bubnow: Kommst du abends heran ... auf 'ne Partie Dame?

Medwedew: Ich komme. Hm – ja ... und was macht denn ... Wasjka?

Bubnow: Was soll er machen? Was er immer macht ...

Medwedew: Er lebt wohl ... seinen guten Tag?

Bubnow: Warum soll er nicht? Wenn er's dazu hat ...

Medwedew zweifelnd: So, so ... er hat's dazu? Luka geht in den Hausflur, mit dem Eimer in der Hand. Hm – ja ... es geht hier so das Gerücht ... von wegen Wasjka ... hast du nichts gehört?

Bubnow: Ich hab allerhand gehört ...

Medwedew: Von wegen Wassilissa, dass er ... hast du nichts bemerkt?

Bubnow: Was?

Настя качает головой. Встает, тихо уходит в сени. Медведев входит. За ним — Лука с метлой.

Медведев. Как будто я тебя не знаю...

Лука. А остальных людей — всех знаешь?

Медведев. В своем участке я должен всех знать... а тебя вот — не знаю...

Лука. Это оттого, дядя, что земля-то не вся в твоем участке поместилась... осталось маленько и опричь его... (Уходит в кухню.)

Медведев (подходя к Бубнову). Правильно, участок у меня невелик... хоть хуже всякого большого... Сейчас, перед тем как с дежурства смениться, сапожника Алешку в часть отвез... Лег, понимаешь, среди улицы, играет на гармонии и орет: ничего не хочу, ничего не желаю! Лошади тут ездят и вообще — движение... могут раздавить колесами и прочее... Буйный парнишка... Ну, сейчас я его и... представил. Очень любит беспорядок...

Бубнов. Вечером в шашки играть придешь?

Медведев. Приду. М-да... А что... Васька?

Бубнов. Ничего... все так же...

Медведев. Значит... живет?

Бубнов. Что ему не жить? Ему можно жить...

Медведев (сомневаясь). Можно?

Лука выходит в сени с ведром в руке.

М-да... тут — разговор идет... насчет Васьки... ты не слыхал?

Бубнов. Я разные разговоры слышу...

Медведев. Насчет Василисы, будто... не замечал?

Бубнов. Чего?

Medwedew: So ... im Allgemeinen ... du weißt es schon, willst es bloß nicht sagen. Es ist doch schon bekannt ... Streng. Nur nicht flunkern, mein Lieber!

Bubnow: Warum sollt ich flunkern?

Bubnow: Na, ich dächte auch ... Ach, die Hunde ... Sie erzählen nämlich, dass Wasjka mit der Wassilissa ... sozusagen ... Na, was geht's mich an? Ich bin ja nicht ihr Vater, sondern nur ... ihr Onkel ... mich kann's also nicht treffen, wenn sie drüber lachen ... Kwaschnja tritt ein. Ein freches Pack. ... Ah! Du bist gekommen ...

Kwaschnja: Mein lieber Stadtsoldat! Denk dir, Bubnow: er hat mir eben auf dem Markte wieder 'nen Antrag gemacht ...

Bubnow: Los doch ... was zauderst du noch? Er hat Geld, ist noch 'n recht schneidiger Kerl ...

Medwedew: Ich? Na und ob!

Kwaschnja: Ach, du alter Grauschimmel! Nein, damit komm mir ja nicht! Die Dummheit begeht man nur einmal im Leben. Heiraten heißt für 'ne Frau so viel, wie im Winter ins Wasser springen: Hat sie's ein Mal getan – dann denkt sie ihr Lebtag dran.

Medwedew: Erlaube mal ... die Männer sind doch nicht alle gleich ...

Kwaschnja: *Ich* bleibe mir aber immer gleich! Wie mein lieber Gatte – der Teufel mag ihn holen – damals verreckte, bin ich vor lauter Freude den ganzen Tag nicht aus dem Hause gegangen: Ganz allein saß ich da und konnte an soviel Glück gar nicht glauben ...

Medwedew: Warum hast du's gelitten, dass dein Mann dich prügelte? Hättest dich auf der Polizei beschweren sollen ...

Kwaschnja: Beim Herrgott hab ich mich beschwert, acht Jahre lang – aber 's half nichts!

Medwedew: Jetzt ist's verboten, die Weiber zu prügeln ... Jetzt geht's in allem streng nach Gesetz und Ordnung ... Niemanden darf man so ohne weiters prügeln ... Geprügelt wird nur, wo's die Ordnung verlangt...

Медведев. Так... вообще... Ты, может, знаешь, да врешь? Ведь все знают... (Строго.) Врать нельзя, брат...

Бубнов. Зачем мне врать!

Медведев. То-то! Ах, псы! Разговаривают: Васька с Василисой... дескать... а мне что? Я ей не отец, я — дядя... Зачем надо мной смеяться?..

Входит Квашня.

Какой народ стал... надо всем смеется... А-а! Ты... пришла...

Квашня. Разлюбезный мой гарнизон! Бубнов! Он опять на базаре приставал ко мне, чтобы венчаться...

Бубнов. Валяй... чего же? У него деньги есть, и кавалер он еще крепкий...

Медведев. Я-то? Хо-хо!

Квашня. Ах ты, серый! Нет, ты меня за это мое, за больное место не тронь! Это, миленький, со мной было... замуж бабе выйти — все равно как зимой в прорубь прыгнуть: один раз сделала, — на всю жизнь памятно...

Медведев. Ты — погоди... мужья — они разные бывают.

Квашня. Да я-то все одинакова! Как издох мой милый муженек, — ни дна бы ему ни покрышки, — так я целый день от радости одна просидела: сижу и все не верю счастью своему...

Медведев. Ежели тебя муж бил... зря — надо было в полицию жаловаться...

Квашня. Я богу жаловалась восемь лет, — не помогал!

Медведев. Теперь запрещено жен бить... теперь во всем — строгость и закон-порядок! Никого нельзя зря бить... бьют — для порядку...

Luka führt Anna herein: Na, siehst du – da wären wir ja ... Ach, du Ärmste! Wie kannst du nur so allein herumgehen, in dem Zustand? Wo ist denn dein Platz?

Anna zeigt nach ihrem Platz: Danke, Großväterchen ...

Kwaschnja: Da habt ihr 'ne verheiratete Frau ... seht sie euch an!

Luka: So 'n armes, schwaches Ding ... kriecht ganz allein im Hausflur rum, stützt sich gegen die Wand – und stöhnt in einem fort ... Warum lasst ihr sie denn allein heraus?

Kwaschnja: Wir haben's nicht bemerkt – verzeih nur, Großväterchen! Ihre Kammerzofe ist wahrscheinlich spazieren gegangen ...

Luka: Da lachst du nun ... Darf man denn gegen einen Menschen so rücksichtslos sein? Wie er auch sein mag – er behält doch immer als Mensch seinen Wert ...

Medwedew: Aufsicht ist nötig! Wenn sie nun plötzlich stirbt? Dann gibt's nur Scherereien ... Habt acht auf sie!

Luka: Ganz recht, Herr Wachtmeister ...

Medwedew: Hm – ja ... das heißt ... Wachtmeister bin ich noch nicht ...

Luka: Ist's möglich?! Aber nach dem Aussehen zu schließen – der richtige Held! Aus dem Hausflur ertönt Lärm, das Stampfen von Füßen und gedämpftes Geschrei.

Medwedew: Doch nicht etwa – 'n Skandal?

Bubnow: Es hört sich so an ...

Kwaschnja: Man müsste mal nachsehen ...

Medwedew: Gleich ... ich muss ohnedies gehen ... Ach ja, der Dienst! Warum man eigentlich die Leute auseinander bringt, wenn sie sich prügeln? Sie hören doch schließlich von selbst auf ... werden müde vom Zuschlagen ... Man sollte sie ruhig auf'nander losschlagen lassen, soviel sie Lust haben ... Sie würden sich dann immer seltener prügeln, weil sie sich die Hiebe besser merken ...

Bubnow erhebt sich von der Pritsche: Das musst du mal deiner Behörde vortragen ...

Лука (вводит Анну). Ну вот и доползли... эх ты! И разве можно в таком слабом составе одной ходить? Где твое место?

Анна (указывая). Спасибо, дедушка...

Квашня. Вот она — замужняя... глядите!

Лука. Бабочка совсем слабого состава... Идет по сеням, цепляется за стенки и — стонает... Пошто вы ее одну пущаете?

Квашня. Не доглядели, простите, батюшка! А горничная ейная, видно, гулять ушла...

Лука. Ты вот — смеешься... а разве можно человека эдак бросать? Он — каков ни есть — а всегда своей цены стоит...

Медведев. Надзор нужен! Вдруг — умрет? Канитель будет из этого... Следить надо!

Лука. Верно, господин ундер...

Медведев. М-да... хоть я... еще не совсем ундер...

Лука. Н-ну? А видимость — самая геройская!

В сенях шум и топот. Доносятся глухие крики.

Медведев. Никак — скандал?

Бубнов. Похоже...

Квашня. Пойти поглядеть...

Медведев. И мне надо идти... Эх, служба! И зачем разнимают людей, когда они дерутся? Они и сами перестали бы... ведь устаешь драться... Давать бы им бить друг друга свободно, сколько каждому влезет... стали бы меньше драться, потому побои-то помнили бы дольше...

Бубнов (слезая с нар). Ты начальству поговори насчет этого...

Костылев (распахивая дверь, кричит). Абрам! Иди... Василиса Наташку... убивает... иди!

Kostylew reißt die Tür auf, schreit: Abram! Komm rasch ... Wassilissa ... schlägt die Nataschka tot ... So komm doch! Kwaschnja, Medwedew, Bubnow stürzen nach dem Hausflur. Luka sieht ihnen kopfschüttelnd nach.

Anna: O Gott ... die arme Natschenka!

Luka: Wer prügelt sich denn da herum?

Anna: Unsere Wirtinnen ... die beiden Schwestern ...

Luka tritt näher an Anna heran: Um was geht's denn?

Anna: Um nichts ... beide sind satt ... und gesund ...

Luka: Und du ... wie heißt du?

Anna: Anna heiß ich ... Wenn ich dich so anseh ... bist du ganz meinem Vater ähnlich ... meinem Väterchen ... ebenso liebreich bist du ... und so weich ...

Luka: Weil sie mich tüchtig geklopft haben, darum bin ich weich ... Kichert leise.

Vorhang.

Квашня, Медведев, Бубнов бросаются в сени. Лука, качая головой, смотрит вслед им.

Анна. О господи... Наташенька бедная!

Лука. Кто дерется там?

Анна. Хозяйки... сестры...

Лука (подходя к Анне). Чего делят?

Анна. Так они... сытые обе... здоровые...

Лука. Тебя как звать-то?

Анна. Анной... Гляжу я на тебя... на отца ты похож моего... на батюшку... такой же ласковый... мягкий...

Лука. Мяли много, оттого и мягок... (Смеется дребезжащим смехом.)

Занавес.

Zweiter Aufzug

Dieselbe Bühneneinrichtung. Abend.

Auf der Pritsche neben dem Ofen sitzen Satin, der Baron, Schiefkopf und der Tatar beim Kartenspiel. Kleschtsch und der Schauspieler sehen dem Spiel zu. Bubnow spielt auf seiner Pritsche mit Medwedew eine Partie Dame. Luka sitzt auf dem Hocker neben Annas Bett. Das Quartier ist durch zwei Lampen erhellt: Die eine hängt an der Wand neben den Kartenspielern, die andere neben Bubnows Pritsche.

Der Tatar: Einmal spiel ich noch – dann hör ich auf ...

Bubnow: Schiefkopf! Sing doch! Stimmt ein Lied an. »Auf und nieder geht die Sonne ...«

Schiefkopf einfallend: »Dunkel bleibt mein Kerker doch ...«

Der Tatar zu Satin: Misch die Karten! Aber misch sie ordentlich! Wir wissen schon, was für 'n Bruder du bist ...

Bubnow und Schiefkopf singen zweistimmig:

»Auf und ab die Posten wandern – a – ach!
Tag und Nacht vor meinem Loch ...«

Anna: Schläge und Kränkungen ... hab ich ertragen ... die waren mein Los ... solange ich lebte ...

Luka: Ach, du armes Weibchen! Gräm dich nicht zu sehr!

Medwedew: Wohin ziehst du? Gib doch acht!

Bubnow: Aha! So, und so, und so ...

Der Tatar droht Satin mit der Faust: Was versteckst du die Karte? Ich hab's gesehn ... Du!

Schiefkopf: Lass ihn laufen, Hassan! Sie betrügen uns doch, so oder so ... Sing weiter, Bubnow!

Действие второе

Та же обстановка. Вечер.

На нарах около печи Сатин, Барон, Кривой Зоб и Татарин играют в карты. Клещ и Актер наблюдают за игрой. Бубнов на своих нарах играет в шашки с Медведевым. Лука сидит на табурете у постели Анны. Ночлежка освещена двумя лампами: одна висит на стене около играющих в карты, другая — на нарах Бубнова.

Татарин. Еще раз играю, — больше не играю...

Бубнов. Зоб! Пой! (Запевает.)

Солнце всходит и заходит...

Кривой Зоб (подхватывает голос).

А в тюрьме моей темно...

Татарин (Сатину). Мешай карта! Хорошо мешай! Знаем мы, какой-такой ты...

Бубнов и Кривой Зоб (вместе).

Дни и ночи часовые — э-эх!

Стерегут мое окно...

Анна. Побои... обиды... ничего кроме — не видела я... ничего не видела!

Лука. Эх, бабочка! Не тоскуй!

Медведев. Куда ходишь! Гляди!..

Бубнов. А-а! Так, так, так...

Татарин (грозя Сатину кулаком). Зачем карта прятать хочешь? Я вижу... э, ты!

Кривой Зоб. Брось, Асан! Все равно — они нас объегорят... Бубнов, заводи!

Anna: Ich kann mich nicht entsinnen, wann ich mal satt war. Mit Zittern und Zagen ... hab ich jedes Stückchen Brot gegessen ... Gebebt hab ich ewig und mich geängstigt ... um ja nicht mehr zu essen als ein andrer ... Mein Leben lang bin ich in Lumpen gegangen ... mein ganzes, unglückliches Leben lang ... Warum das alles?

Luka: Du armes Kind! Bist müde, was? Lass schon gut sein ...

Der Schauspieler zu Schiefkopf: Spiel den Buben aus ... den Buben, zum Kuckuck!

Der Baron: Und wir haben den König!

Kleschtsch: Die überstechen jedes Mal!

Satin: Das sind wir so gewöhnt ...

Medwedew: Eine Dame!

Bubnow: Auch ich hab eine ... da!

Anna: Ich sterbe ...

Kleschtsch zum Tataren: Da – sieh doch, sieh! Schmeiß die Karten hin, Fürst – schmeiß hin, sag ich dir!

Der Schauspieler: Meinst du, er weiß nicht, was er zu tun hat?

Der Baron: Sieh dich vor, Andrjuschka, dass ich dich nicht zur Tür rauswerfe!

Der Tatar: Gib noch mal! Der Krug geht so lange zu Wasser, bis er bricht ... So geht's mir auch ... Kleschtsch schüttelt den Kopf und geht zu Bubnow hinüber.

Anna: In einem fort denk ich: Mein Gott ... soll ich denn auch dort ... in jener Welt ... solche Qualen erdulden?

Luka: Nicht doch ... gar nichts wirst du erdulden! Lieg nur hübsch still ... und sei nicht bange ... Ruhe wirst du dort finden! Dulde noch ein Weilchen ... wir alle müssen dulden, meine Liebe ... jeder duldet das Leben auf seine Weise. Er erhebt sich und geht mit raschen Schritten in die Küche.

Bubnow singt: »Wacht, soviel ihr wollt und wandert ...«

Анна. Не помню — когда я сыта была... Над каждым куском хлеба тряслась... Всю жизнь мою дрожала... Мучилась... как бы больше другого не съесть... Всю жизнь в отрепьях ходила... всю мою несчастную жизнь... За что?

Лука. Эх ты, детынька! Устала? Ничего!

Актер (Кривому Зобу). Валетом ходи... валетом, черт!

Барон. А у нас — король.

Клещ. Они всегда побьют.

Сатин. Такая у нас привычка...

Медведев. Дамка!

Бубнов. И у меня... н-ну...

Анна. Помираю, вот...

Клещ. Ишь, ишь как! Князь, бросай игру! Бросай, говорю!

Актер. Он без тебя не понимает?

Барон. Гляди, Андрюшка, как бы я тебя не швырнул ко всем чертям!

Татарин. Сдавай еще раз! Кувшин ходил за вода, разбивал себя... и я тоже!

Клещ, качая головой, отходит к Бубнову.

Анна. Все думаю я: господи! Неужто и на том свете мýка мне назначена? Неужто и там?

Лука. Ничего не будет! Лежи, знай! Ничего! Отдохнешь там!.. Потерпи еще! Все, милая, терпят... всяк по-своему жизнь терпит... (Встает и уходит в кухню быстрыми шагами.)

Бубнов (запевает). Как хотите, стерегите...

Schiefkopf: »Sorgt euch nicht, dass ich entflieh ...«

Beide zweistimmig:

»In die Freiheit möcht ich gerne – a – ach!
Doch die Kette brech ich nie ...«

Der Tatar: Halt! In 'n Ärmel hat er eine Karte gesteckt!

Der Baron verlegen: Na ... soll ich sie vielleicht in deine Nase stecken?

Der Schauspieler in überzeugtem Tone: Du hast dich geirrt, Fürst! Keinem Menschen fällt's ein ...

Der Tatar: Ich hab's gesehn! So 'n Gauner! Ich spiel nicht weiter!

Satin die Karten zusammenlegend: So geh doch deiner Wege, Hassan ... Dass wir Gauner sind, weißt du – warum spielst du also mit uns?

Der Baron: Vierzig Kopeken hat er verloren, und Spektakel macht er für drei Rubel! Das will 'n Fürst sein ...

Der Tatar heftig: Man muss ehrlich spielen!

Satin: Aber warum denn?

Der Tatar: Was heißt »warum?«

Satin: Na, so ... warum?

Der Tatar: Das weißt du nicht?

Satin: ich weiß es nicht. Weißt du es? Der Tatar spuckt ärgerlich aus. Alle lachen über ihn.

Schiefkopf: Bist 'n komischer Kauz, Hassan! Überleg doch mal: Wenn die es mit der Ehrlichkeit versuchen, sind sie in drei Tagen verhungert ...

Der Tatar: Was geht's mich an? Ehrlich muss man leben!

Schiefkopf: Ewig schwatzt er dasselbe! Wollen lieber Tee trinken gehn ... Los, Bubnow! ...

Кривой Зоб. Я и так не убегу.

В два голоса:

Мне и хочется на волю …эх!
Цепь порвать я не могу…

Татарин (кричит). А! Карта рукав совал!

Барон (конфузясь). Ну… что же мне — в нос твой сунуть?

Актер (убедительно). Князь! Ты ошибся… никто, никогда…

Татарин. Я видел! Жулик! Не буду играть!

Сатин (собирая карты). Ты, Асан, отвяжись… Что мы — жулики, тебе известно. Стало быть, зачем играл?

Барон. Проиграл два двугривенных, а шум делаешь на трешницу… еще князь!

Татарин (горячо). Надо играть честна!

Сатин. Это зачем же?

Татарин. Как зачем?

Сатин. А так… Зачем?

Татарин. Ты не знаешь?

Сатин. Не знаю. А ты — знаешь?

Татарин плюет, озлобленный. Все хохочут над ним.

Кривой Зоб (благодушно). Чудак ты, Асан! Ты — пойми! Коли им честно жить начать, они в три дня с голоду издохнут…

Татарин. А мне какое дело! Надо честно жить!

Кривой Зоб. Заладил! Идем чай пить лучше… Бубен!

Bubnow:

»Ach, ihr Ketten, meine Ketten,
Und ihr Wachen erzbewehrt ...«

Schiefkopf: Komm, Hassan! Singend ab. »Kann euch nimmermehr zerschlagen ...« Der Tatar droht dem Baron mit der Faust und folgt dann seinen Kameraden.

Satin zum Baron, lachend: Na, Euer Hochwohlgeboren – da haben wir uns wieder mal glänzend blamiert! Das will 'n gebildeter Mensch sein – nicht mal 'ne Volte schlagen kann er ...

Der Baron achselzuckend: Weiß der Teufel, wie die Karte ...

Der Schauspieler: Kein Talent ... kein Selbstvertrauen ... ohne das wird's eben nie was Rechtes ...

Medwedew: Eine Dame hab ich ... und du hast zwei ... hm – ja!

Bubnow: Auch eine kann's schaffen, wenn du richtig spielst ... du bist am Zuge!

Kleschtsch: Die Partie ist verloren, Abram Iwanytsch!

Medwedew: Das geht dich gar nichts an – verstanden? Halt's Maul ...

Satin: Dreiundfünfzig Kopeken gewonnen ...

Der Schauspieler: Die drei Kopeken sind für mich ... Übrigens, wozu brauch ich drei Kopeken?

Luka kommt aus der Küche: Na, habt ihr den Tataren hochgenommen? Jetzt geht ihr 'n Schnäpschen trinken – hm?

Der Baron: Komm mit uns!

Satin: Möcht gern mal sehen, wie du bist, wenn du einen weg hast ...

Luka: Sicher nicht besser, als wenn ich nüchtern bin ...

Der Schauspieler: Komm, Alter ... ich will dir 'n paar hübsche Couplets vordeklamieren ...

Luka: Couplets? Was ist das?

Бубнов:

И-эх вы, цепи, мои цепи...
Да вы железны сторожа...

Кривой Зоб. Идем, Асанка! (Уходит, напевая.)

Не порвать мне, не разбить вас...

Татарин грозит Барону кулаком и выходит вслед за товарищем.

Сатин (Барону, смеясь). Вы, ваше вашество, опять торжественно сели в лужу! Образованный человек, а карту передернуть не можете...

Барон (разводя руками). Черт знает, как она...

Актер. Таланта нет... нет веры в себя... а без этого... никогда, ничего...

Медведев. У меня одна дамка... а у тебя две... н-да!

Бубнов. И одна — не бедна, коли умна... ходи!

Клещ. Проиграли вы, Абрам Иваныч!

Медведев. Это не твое дело... понял? И молчи...

Сатин. Выигрыш — пятьдесят три копейки...

Актер. Три копейки мне... А впрочем, зачем мне нужно три копейки?

Лука (выходя из кухни). Ну, обыграли татарина? Водочку пить пойдете?

Барон. Идем с нами!

Сатин. Посмотреть бы, каков ты есть пьяный!

Лука. Не лучше трезвого-то...

Актер. Идем, старик... я тебе продекламирую куплеты...

Лука. Чего это?

Der Schauspieler: Gedichte, verstehst du ...

Luka: Gedichte? Was sollen sie mir, die ... Gedichte?

Der Schauspieler: Na, die sind so spaßig ... oder manchmal auch traurig ...

Satin: Kommst du, Coupletsänger? Ab mit dem Baron.

Der Schauspieler: Ich komme gleich nach. Zu Luka. Da ist zum Beispiel ein Gedicht ... ein alter Mann kommt darin vor ... wie ist doch gleich der Anfang? ... Ich hab's wahrhaftig vergessen! Reibt sich die Stirn.

Bubnow: Deine Dame ist futsch ... Zieh!

Medwedew: Teufel noch eins! Warum hab ich nicht dahin gezogen?

Der Schauspieler: Früher, wie mein Organismus noch nicht mit Alkohol vergiftet war, hatt ich ein famoses Gedächtnis ... jawohl, Alter! Jetzt ... ist alles zu Ende für mich ... ich habe dieses Gedicht immer mit großem Erfolg vorgetragen ... unter frenetischem Applaus! Du weißt jedenfalls nicht, was das ist ... Applaus! Das ist ... wie Branntwein, Bruder! ... Wenn ich so vortrat, in dieser Haltung ... setzt sich in Positur und dann loslegte ... und Er schweigt. Nichts weiß ich mehr ... nicht ein Wort hab ich behalten! Und es war doch mein Lieblingsgedicht ... ist das nicht schrecklich, Alte?

Luka: Freilich ist's schlimm ... wenn du schon vergisst, was dir das Liebste ist! In das, was man liebt, legt man seine Seele ...

Der Schauspieler: Meine Seele hab ich vertrunken, Alter ... Ich bin ein verlorener Mensch ... Und warum bin ich verloren? Weil der Glaube an mich selbst mir fehlte ... Ich bin fertig ...

Luka: Wieso denn? Lass dich doch kurieren! Man kuriert jetzt die Trinker, hab ich gehört! Umsonst kuriert man sie, Bruderherz ... Eine Heilanstalt hat man für die Trunkenbolde eingerichtet ... da werden sie nun, heißt es, unentgeltlich behandelt ...

Актер. Стихи, — понимаешь?

Лука. Стихи-и! А на что они мне, стихи-то?..

Актер. Это — смешно... А иногда — грустно...

Сатин. Ну, куплетист, идешь? (Уходит с Бароном.)

Актер. Иду... я догоню! Вот, например, старик, из одного стихотворения... начало я забыл... забыл! (Потирает лоб.)

Бубнов. Готово! Пропала твоя дамка... ходи!

Медведев. Не туда я пошел... постреди ее!

Актер. Раньше, когда мой организм не был отравлен алкоголем, у меня, старик, была хорошая память... А теперь вот... кончено, брат! Все кончено для меня! Я всегда читал это стихотворение с большим успехом... гром аплодисментов! Ты... не знаешь, что такое аплодисменты... это, брат, как... водка!.. Бывало, выйду, встану вот так... (Становится в позу.) Встану... и... (Молчит.) Ничего не помню... ни слова... не помню! Любимое стихотворение... плохо это, старик?

Лука. Да уж чего хорошего, коли любимое забыл? В любимом — вся душа...

Актер. Пропил я душу, старик... я, брат, погиб... А почему — погиб? Веры у меня не было... Кончен я...

Лука. Ну, чего? Ты... лечись! От пьянства нынче лечат, слышь! Бесплатно, браток, лечат... такая уж лечебница устроена для пьяниц... чтобы, значит, даром их лечить...

Man hat erkannt, siehst du, dass 'n Trunkenbold auch ein Mensch ist, und man ist sogar froh, wenn einer kommt und sich kurieren lassen will. Beeil dich also! Geh hin ...

Der Schauspieler nachdenklich: Wohin? Wo ist das?

Luka: In einer Stadt ist's ... wie heißt sie doch? 's ist so ein merkwürdiger Name ... Na, ich sag ihn dir noch ... Nur merk dir eins: Musst dich jetzt schon drauf vorbereiten! Sei enthaltsam! Nimm dich zusammen und – halt aus! ... Und dann, wenn du auskuriert bist, fängst du ein neues Leben an ... ist das nicht schön, Bruder: ein neues Leben? ... Nun, entschließ dich ... eins, zwei, drei!

Der Schauspieler lächelt: Ein neues Leben ... ganz von vorn ...ja, das wäre schön! ... Meinst du wirklich? Ein neues Leben? Lacht. Na ... ja! Soll ich's versuchen? Ja, ich versuch's ...

Luka: Warum denn nicht? Der Mensch – kann alles ... wenn er nur will ...

Der Schauspieler plötzlich, wie aus dem Traum erwachend: Bist 'n spaßiger Kauz! Leb wohl einstweilen! Er pfeift. Alterchen ... Leb wohl! Ab.

Anna: Großväterchen!

Luka: Was denn, Mütterchen?

Anna: Sprich doch 'n bisschen mit mir ...

Luka zu ihr hintretend: Schön, lass uns plaudern miteinander.

Kleschtsch sieht sich um, tritt schweigend ans Bett seiner Frau, blickt sie an und gestikuliert mit den Händen, als wenn er etwas sagen wollte.

Luka: Was denn, Bruder?

Kleschtsch leise: Nichts ... Geht langsam zu der Tür nach dem Hausflur, bleibt ein paar Sekunden vor ihr stehen und schreitet dann hinaus.

Luka folgt im mit dem Blick: Deinen Mann scheint's recht schwer zu drücken ...

Anna: Ich habe nichts mehr ... mit ihm zu schaffen ...

Признали, видишь, что пьяница — тоже человек... и даже — рады, когда он лечиться желает! Ну-ка вот, валяй! Иди...

Актер (задумчиво). Куда? Где это?

Лука. А это... в одном городе... как его? Название у него эдакое... Да я тебе город назову!.. Ты только вот чего: ты пока готовься! Воздержись... возьми себя в руки и — терпи... А потом — вылечишься... и начнешь жить снова... хорошо, брат, снова-то! Ну, решай... в два приема...

Актер (улыбаясь). Снова... сначала... Это — хорошо. Н-да... Снова? (Смеется.) Ну... да! Я могу?!. Ведь могу, а?

Лука. А чего? Человек — все может... лишь бы захотел...

Актер (вдруг, как бы проснувшись). Ты — чудак! Прощай пока! (Свистит.) Старичок... прощай... (Уходит.)

Анна. Дедушка!

Лука. Что, матушка?

Анна. Поговори со мной...

Лука (подходя к ней). Давай, побеседуем...

Клещ оглядывается, молча подходит к жене, смотрит на нее и делает какие-то жесты руками, как бы желая что-то сказать.

Что, браток?

Клещ (негромко). Ничего... (Медленно идет к двери в сени, несколько секунд стоит пред ней и — уходит.)

Лука (проводив его взглядом). Тяжело мужику-то твоему...

Анна. Мне уж не до него...

Luka: Hat er dich geschlagen?

Anna: Und wie! ... Er hat mich ... so weit gebracht ...

Bubnow: Meine Frau ... hatte mal 'n Liebhaber; der hat ganz famos Dame gespielt, der Bengel ...

Medwedew: Hm ...

Anna: Großväterchen! Sprich mit mir, mein Lieber ... es ist mir so bange ...

Luka: Das hat nichts zu sagen! Das überkommt einen so vorm Tode, mein Täubchen. Hat nichts zu sagen, meine Liebe. Hab nur Vertrauen ... Du wirst nun sterben, siehst du - und dann hast du Ruhe ... Brauchst dann vor nichts mehr Angst zu haben - vor gar nichts! So still wird's sein, so friedlich ... und du liegst ganz ruhig da! Der Tod besänftigt alles ... Er meint's gut mit uns ... Erst in der Truhe findest du Ruhe, heißt es ... und 's ist richtig, meine Liebe! Wo soll denn ein Mensch hier sonst Ruhe finden? Pepel tritt ein - ein wenig angetrunken, zerzaust und mürrisch; er setzt sich auf die Pritsche neben der Tür und sitzt schweigend, ohne sich zu rühren, da.

Anna: Und ist denn dort ... auch so viel Qual?

Luka: Gar nichts ist dort! Glaub mir's: Gar nichts ist! Friede wird sein -weiter nichts! Vor den Herrn werden sie dich führen und werden sagen: Sieh, o Herr - Deine Magd Anna ist gekommen ...

Medwedew streng: Wie kannst du wissen, was sie dort sagen werden? Hört mal, du ... Pepel hebt beim Klang von Medwedews Stimmen den Kopf empor und lauscht.

Luka: Ich weiß es eben, Herr Wachtmeister ...

Medwedew sanfter: Hm - ja! Na, das ist schließlich deine Sache ... das heißt ... Wachtmeister bin ich nicht ...

Bubnow: Zwei Steine schlag ich ...

Medwedew: Ach du ... dass dich ...

Лука. Бил он тебя?

Анна. Еще бы... От него, чай, и зачахла...

Бубнов. У жены моей... любовник был; ловко, бывало, в шашки играл, шельма...

Медведев. Мм-м...

Анна. Дедушка! Говори со мной, милый... Тошно мне...

Лука. Это ничего! Это — перед смертью... голубка. Ничего, милая! Ты — надейся... Вот, значит, помрешь, и будет тебе спокойно... ничего больше не надо будет, и бояться — нечего! Тишина, спокой... лежи себе! Смерть — она все успокаивает... она для нас ласковая... Помрешь — отдохнешь, говорится... верно это, милая! Потому — где здесь отдохнуть человеку?

Пепел входит. Он немного выпивши, растрепанный, мрачный. Садится у двери на нарах и сидит молча, неподвижно.

Анна. А как там — тоже му́ка?

Лука. Ничего не будет! Ничего! Ты — верь! Спокой и — больше ничего! Призовут тебя к господу и скажут: господи, погляди-ка, вот пришла раба твоя, Анна...

Медведев (строго). А ты почему знаешь, что там скажут? Эй, ты...

Пепел при звуке голоса Медведева поднимает голову и прислушивается.

Лука. Стало быть, знаю, господин ундер...

Медведев (примирительно). М... да! Ну... твое дело... Хоша... я еще не совсем... ундер...

Бубнов. Двух беру...

Медведев. Ах ты... чтоб тебе!..

Luka: Und der Herr wird dich mild und freundlich anschauen und wird sagen: Ich kenne diese Anna! Nun, wird er sagen: Führt sie fort, die Anna – ins Paradies! Mag sie da Frieden finden ... ich weiß, ihr Leben war sehr mühselig ... sie ist sehr müde ... lasst sie ausruhen, die Anna ...

Anna: Großväterchen ... du, mein Lieber ... wenn's doch so wäre ... wenn ich dort ... Frieden fände ... und gar nichts mehr ... fühlte ...

Luka: Nichts wirst du fühlen! Gar nichts wird sein! Glaub's nur! In Freuden kannst du sterben, ohne Angst ... der Tod, sag ich dir, ist für uns wie eine Mutter für ihre kleinen Kinder ...

Anna: Aber ... vielleicht ... werd ich wieder gesund?

Luka lächelnd: Wozu? Zu neuer Qual?

Anna: Ich möcht doch noch ... ein Weilchen leben ... ein ganz kleines Weilchen ... Wenn's dort keine Qual gibt ... könnt ich am Ende hier noch ein wenig dulden ...

Luka: Nichts wird dort sein ... gar nichts ...

Pepel erhebt sich: Kann richtig sein ... kann auch falsch sein!

Anna: zusammenfahrend: O Gott ...

Luka: Ah, mein schöner Junge ...

Medwedew: Wer brüllt denn da?

Pepel auf ihn zutretend: Ich! Was gibt's?

Medwedew: Sei hier nicht so laut, verstanden? Der Mensch muss sich ruhig verhalten ...

Pepel: Ach ... Dummerjahn! Noch dazu der Onkel ... ho ho!

Luka zu Pepel, leise: Hör mal, du – schrei nicht! Hier stirbt eine Frau ... ganz fahl sind ihre Lippen schon ... stör sie nicht!

Pepel: Weil du's sagst, Großvater, will ich folgen. Bist 'n Prachtkerl, Alter! Flunkerst ganz famos ... erzählst angenehme Märchen! Flunkre nur immer weiter, Bruderherz ... 's gibt so wenig Angenehmes auf der Welt ...

Лука. А господь — взглянет на тебя кротко-ласково и скажет: знаю я Анну эту! Ну, скажет, отведите ее, Анну, в рай! Пусть успокоится... знаю я, жила она — очень трудно... очень устала... Дайте покой Анне...

Анна (задыхаясь). Дедушка... милый ты... кабы так! Кабы... покой бы... не чувствовать бы ничего...

Лука. Не будешь! Ничего не будет! Ты — верь! Ты — с радостью помирай, без тревоги... Смерть, я те говорю, она нам — как мать малым детям...

Анна. А... может... может, выздоровлю я?

Лука (усмехаясь). На что? На муку опять?

Анна. Ну... еще немножко... пожить бы... немножко! Коли там муки не будет... здесь можно потерпеть... можно!

Лука. Ничего там не будет!.. Просто...

Пепел (вставая). Верно... а может, и — не верно!

Анна (пугливо). Господи...

Лука. А, красавец...

Медведев. Кто орет?

Пепел (подходя к нему). Я! А что?

Медведев. Зря брешь, вот что! Человек должен вести себя смирно...

Пепел. Э... дубина!.. А еще — дядя... х-хо!

Лука (Пеплу, негромко). Слышь, — не кричи! Тут — женщина помирает... уж губы у нее землей обметало... не мешай!

Пепел. Тебе, дед, изволь, — уважу! Ты, брат, молодец! Врешь ты хорошо... сказки говоришь приятно! Ври, ничего... мало, брат, приятного на свете!

Bubnow: Stirbt sie wirklich?

Luka: Meinst du, sie spaßt? ...

Bubnow: Dann wird endlich das Husten aufhören ... War zu störend, ihr ewiges Külstern ... Zwei nehm ich ...

Medwedew: Ach ... dass es dich mitten ins Herz trifft!

Pepel: Abram ...

Medwedew: Ich bin für dich kein Abram ...

Pepel: Abraschka, sag mal – ist Natascha noch krank?

Medwedew: Was kümmert's dich?

Pepel: Nee, sag doch: Hat sie die Wassilissa wirklich so arg geprügelt?

Medwedew: Auch das geht sich nichts an ... Das ist 'ne Familienangelegenheit ... Wer bist du überhaupt, he?

Pepel: Mag ich sein, wer ich will – aber wenn mir's beliebt, kriegt ihr eure Nataschka nie mehr zu sehn!

Medwedew *das Spiel abbrechend*: Was sagst du? Von wem redest du da? Meine Nichte sollte ... ach, du Spitzbube!

Pepel: Ein Spitzbube – den du noch nicht gefangen hast! ...

Medwedew: Wart! Ich werde dich schon fassen ... Sehr bald werde ich dich haben ...

Pepel: Immerzu! Dann soll's eurem ganzen Nest hier schlecht gehen. Meinst wohl, ich werde das Maul halten vorm Untersuchungsrichter? Da bist du schief gewickelt! Wer hat dich zum Diebstahl angestiftet? Werden sie fragen – wer hat die Gelegenheit ausbaldowert? Mischka Kostylew und seine Frau! Und wer hat das Gestohlenen abgenommen? Mischka Kostylew und seine Frau!

Medwedew: Da lügst du! Kein Mensch wird's dir glauben!

Pepel: Sie werden's schon glauben – weil's nämlich die Wahrheit ist! Auch dich bring ich in die Patsche ... ja! Alle sollt ihr ran, ihr Teufelsbande – wirst schon sehen!

Бубнов. Вправду — помирает баба-то?

Лука. Кажись, не шутит...

Бубнов. Кашлять, значит, перестанет... Кашляла она очень беспокойно... Двух беру!

Медведев. Ах, пострели тебя в сердце!

Пепел. Абрам!

Медведев. Я тебе — не Абрам...

Пепел. Абрашка! Наташа — хворает?

Медведев. А тебе какое дело?

Пепел. Нет, ты скажи: сильно ее Василиса избила?

Медведев. И это дело не твое! Это — семейное дело... А ты — кто таков?

Пепел. Кто бы я ни был, а... захочу, и не видать вам больше Наташки!

Медведев (бросая игру). Ты — что говоришь? Ты — про кого это? Племянница моя чтобы... ах, вор!

Пепел. Вор, а тобой не пойман...

Медведев. Погоди! Я — поймаю... я — скоро...

Пепел. А поймаешь, — на горе всему вашему гнезду. Ты думаешь — я молчать буду перед следователем? Жди от волка толка! Спросят: кто меня на воровство подбил и место указал? Мишка Костылев с женой! Кто краденое принял? Мишка Костылев с женой!

Медведев. Врешь! Не поверят тебе!

Пепел. Поверят, потому — правда! И тебя еще запутаю... ха! Погублю всех вас, черти, — увидишь!

Medwedew fassungslos: Schwatz doch nicht! Rede keinen Unsinn! Was hab ich dir denn ... Böses getan? Hund verrückter ...

Pepel: Und was hast du mir Gutes getan?

Luka: Ganz recht ...

Medwedew: Was quarrst du? Hast du dich reinzumischen? Hier handelt sich's um 'ne Familienangelegenheit ...

Bubnow zu Luka: Lass sie doch! Uns beiden geht's ja nicht an den Kragen ...

Luka sanft: Ich sag auch nichts weiter! Ich meine nur, wenn ein Mensch dem andern nichts Gutes tut – dann handelt er eben schlecht an ihm ...

Medwedew, der Lukas Worte nicht verstanden hat: Seh doch einer! Wir kennen uns hier alle mit'nander ... und du – wer bist du denn? Rasch ab mit wütendem Schnauben.

Luka: Ist böse geworden, der Herr Kavalier ... oho! Recht sonderbar, Brüder, scheinen hier eure Sachen zu liegen ...

Pepel: Jetzt läuft er zur Wassilissa, er will sich beklagen ...

Bubnow: Mach keine Dummheiten, Wassilij! Willst hier den Tapfern rausbeißen ... Tapferkeit, mein Sohn, ist gut, wenn du in 'n Wald gehst, nach Pilzen ... Hier richtest du nichts damit aus ... Sie nehmen dich beim Wickel, eh du dich versiehst ...

Pepel: Das wollen wir sehen! Wir Jaroslawer Jungen sind viel zu schlau, uns fängt man nicht so mit bloßen Händen ... Wollt ihr Krieg haben – schön, dann werden wir Krieg führen ...

Luka: Es wäre wirklich besser, Junge, du gingest fort von hier ...

Pepel: Wohin denn? Sag mal ...

Luka: Geh ... nach Sibirien!

Pepel: He he! Nee, da wart ich doch lieber, bis sie mich auf Staatskosten hinschicken ...

Luka: Nein, wirklich, folge mir! Geh hin! Kannst dort deinen Weg machen ... Man braucht dort solche Jungen, wie du einer bist!

Медведев (теряясь). Врешь! И... врешь! И... что я тебе худого сделал? Пес ты бешеный...

Пепел. А что ты мне хорошего сделал?

Лука. Та-ак!

Медведев (Луке). Ты... чего каркаешь? Твое тут — какое дело? Тут — семейное дело!

Бубнов (Луке). Отстань! Не для нас с тобой петли вяжут.

Лука (смиренно). Я ведь — ничего! Я только говорю, что, если кто кому хорошего не сделал, тот и худо поступил...

Медведев (не поняв). То-то! Мы тут... все друг друга знаем... а ты — кто такой! (Сердито фыркая, быстро уходит.)

Лука. Рассердился кавалер... охо-хо, дела у вас, братцы, смотрю я... путаные дела!

Пепел. Василисе жаловаться побежал...

Бубнов. Дуришь ты, Василий. Чего-то храбрости у тебя много завелось... гляди — храбрость у места, когда в лес по грибы идешь... а здесь она — ни к чему... Они тебе живо голову свернут...

Пепел. Н-ну, нет! Нас, ярославских, голыми руками не сразу возьмешь... Ежели война — будем воевать...

Лука. А в самом деле, отойти бы тебе, парень, прочь с этого места...

Пепел. Куда? Ну-ка, выговори...

Лука. Иди... в Сибирь!

Пепел. Эге! Нет, уж я погожу, когда пошлют меня в Сибирь эту на казенный счет...

Лука. А ты слушай — иди-ка! Там ты себе можешь путь найти... Там таких — надобно!

Pepel: Mir ist mein Weg vorgezeichnet! Mein Vater hat sein Lebtag in den Gefängnissen gesessen, und das hat er mir vermacht ... Wie ich noch ganz klein war, nannten mich die Leute schon Dieb und Spitzbubenjunge.

Luka: Ein schönes Land – Sibirien! Ein goldnes Land! Wer gut bei Kräften ist und nicht auf 'n Kopf gefallen, der fühlt sich dort – wie die Gurke im Frühbeet!

Pepel: Sag mal, Alter – warum lügst du immer?

Luka: Wie?

Pepel: Bist wohl taub geworden? Warum du lügst, frag ich ...

Luka: Wann hab ich gelogen?

Pepel: In einem fort lügst du ... Dort ist's nach deiner Meinung schön, hier ist 's schön ... Es ist doch nicht wahr! Warum lügst du also?

Luka: Glaub mir! Oder geh hin, überzeug dich ... Wirst mir Dank wissen ... Was drückst du dich hier um? Und ... warum bist du so auf Wahrheit erpicht? Überleg's doch: die Wahrheit – die kann für sich zur Schlinge werden ...

Pepel: Lass sie zur Schlinge werden ... Mir ist's gleich ...

Luka: Bist doch 'n Sonderling! Warum willst du selbst den Hals hineinstecken?

Bubnow: Was schwatzt ihr beiden eigentlich? Versteh euch nicht ... Was für 'ne Wahrheit tut dir not, Wasjka? Wozu soll sie dir? Die Wahrheit über dich selber – die kennst du doch ... und alle Welt kennt sie ...

Pepel: Halt den Schnabel, krächze nicht! Er soll mir erst sagen ... hör mal, Alter – gibt's einen Gott? Luka lächelt und schweigt.

Bubnow: Die Menschen sind wie die Späne, die der Strom wegträgt ... Das Haus steht fertig da ... aber die Späne sind weg ...

Luka leise: Wenn du an ihn glaubst – gibt's einen; glaubst du nicht, dann gibt's keinen ... Woran du glaubst – das gibt's ...

Pepel blickt schweigend, in starrem Erstaunen, auf den Alten.

Пепел. Мой путь — обозначен мне! Родитель всю жизнь в тюрьмах сидел и мне тоже заказал... Я когда маленький был, так уж в ту пору меня звали вор, воров сын...

Лука. А хорошая сторона — Сибирь! Золотая сторона! Кто в силе да в разуме, тому там — как огурцу в парнике!

Пепел. Старик! Зачем ты все врешь?

Лука. Ась?

Пепел. Оглох! Зачем врешь, говорю?

Лука. Это в чем же вру-то я?

Пепел. Во всем... Там у тебя хорошо, здесь хорошо.... ведь — врешь! На что?

Лука. А ты мне — поверь, да поди сам погляди... Спасибо скажешь... Чего ты тут трешься? И... чего тебе правда больно нужна... подумай-ка! Она, правда-то, может, обух для тебя...

Пепел. А мне все едино! Обух так обух...

Лука. Да чудак! На что самому себя убивать?

Бубнов. И чего вы оба мелете? Не пойму... Какой тебе, Васька, правды надо? И зачем? Знаешь ты правду про себя... да и все ее знают...

Пепел. Погоди, не каркай! Пусть он мне скажет... слушай, старик: бог есть?

Лука молчит, улыбаясь.

Бубнов. Люди все живут... как щепки по реке плывут... строят дом... а щепки — прочь...

Пепел. Ну? Есть? Говори...

Лука (негромко). Коли веришь, — есть; не веришь, — нет... Во что веришь, то и есть...

Пепел молча, удивленно и упорно смотрит на старика.

Bubnow: Ich geh jetzt Tee trinken ... kommt ihr mit in die Schenke? He?

Luka zu Pepel: Was guckst du?

Pepel: So ... Sag mal – du meinst also ...

Bubnow: Na, dann geh ich allein ... Ab nach der Tür, in der er auf Wassilissa stößt.

Pepel: Du meinst also ... dass ...

Wassilissa zu Bubnow: Ist Natascha zu Hause?

Bubnow: Nein. Ab.

Pepel: Ah ... da bist du ja ...

Wassilissa an Annas Lager tretend: Ist sie noch am Leben?

Luka: Stör sie nicht!

Wassilissa nähert sich der Tür zu Pepels Kammer: Wassilij! Ich habe mit dir zu reden ... Luka geht nach der Tür zum Hausflur, öffnet sie und schließt sie wieder geräuschvoll. Dann steigt er vorsichtig auf die Pritsche und von da auf den Ofen.

Wassilissa aus Pepels Kammer: Wasja, komm her!

Pepel: Ich komme nicht ... ich will nicht ...

Wassilissa: Was ist denn? Was bist du so böse?

Pepel: Langweilig ist's ... die ganze Wirtschaft hier hab ich satt ...

Wassilissa: Und mich ... hast du auch satt?

Pepel: Auch dich ... Wassilissa zieht das Tuch, das ihrer Schultern bedeckt, fest an und presst die Arme gegen die Brust. Sie tritt zu Annas Bett, blickt vorsichtig hinter den Vorhang und kehrt dann zu Pepel zurück.

Pepel: Na ... so rede ...

Бубнов. Пойду, чаю попью... идемте в трактир? Эй!..

Лука (Пеплу). Чего глядишь?

Пепел. Так... погоди!.. Значит...

Бубнов. Ну, я один... (Идет к двери и встречается с Василисой.)

Пепел. Стало быть... ты...

Василиса (Бубнову). Настасья — дома?

Бубнов. Нет... (Уходит.)

Пепел. А... пришла...

Василиса (подходя к Анне). Жива еще?

Лука. Не тревожь...

Василиса. А ты... чего тут торчишь?

Лука. Я могу уйти... коли надо...

Василиса (направляясь к двери в комнату Пепла). Василий! У меня к тебе дело есть... Лука подходит к двери в сени, отворяет ее и громко хлопает ею.

Затем — осторожно влезает на нары и — на печь.

(Из комнаты Пепла.) Вася... Поди сюда!

Пепел. Не пойду... не хочу...

Василиса. А... что же? На что гневаешься?

Пепел. Скушно мне... надоела мне вся эта канитель...

Василиса. И я... надоела?

Пепел. И ты...

Василиса крепко стягивает платок на плечах, пряжимая руки ко груди. Идет к постели Анны, осторожно смотрит за полог и возвращается к Пеплу.

Ну... говори...

Wassilissa: Was soll ich reden? Zur Liebe lässt sich keiner zwingen ... meine Art ist's nicht, um Liebe zu betteln ... Ich dank dir für deine Aufrichtigkeit ...

Pepel: Aufrichtigkeit?

Wassilissa: Na ja ... du sagst, du hast mich satt ... oder ist's nicht wahr? Pepel sieht sie schweigend an.

Wassilissa rückt näher an ihn heran: Was guckst du? Du siehst mich wohl nicht?

Pepel tief Atem holend: Schön bist du, Wasjka ... Wassilissa legt den Arm um seinen Hals; er schüttelt ihren Arm mit einer Schulterbewegung ab. Und doch hat mein Herz dir nie gehört ... Ich hab mit dir gelebt, und so weiter ... aber wirklich geliebt hab ich dich nie ...

Wassilissa leise: So ... o ... Nu ... un ...

Pepel: Nun hätten wir nichts weiter zu reden mit'nander! Gar nichts weiter ... lass mich ungeschoren ...

Wassilissa: Hast an einer andern Gefallen gefunden?

Pepel: Das geht dich nichts an ... Wenn's so wäre – dich nehm ich doch nicht zur Brautwerberin ...

Wassilissa mit vielsagender Miene: Wer weiß ... vielleicht könnt ich ein Wort für dich einlegen ...

Pepel misstrauisch: Bei wem denn?

Wassilissa: Du weißt, wen ich meine ... verstell dich doch nicht! Ich rede gern von der Leber weg ... Leiser. Ich will dir's nur sagen ... du hast mich tief gekränkt ... mir nichts, dir nichts hast du mir 'nen Hieb versetzt, wie mit der Peitsche ... Sagtest immer, du liebst mich, und mit einem Mal ...

Pepel: Mit einem Mal? Ganz und gar nicht ... Schon lange hab ich so gedacht ... du hast keine Seele, Weib ... Eine Frau muss 'ne Seele haben ... Wir Männer sind Tiere ... wir kennen's nicht anders ... uns muss man erst anlernen zum Guten ... und du, wozu hast du mich angelernt? ...

Василиса. Что же говорить? Насильно мил не будешь... и не в моем это характере милости просить... Спасибо тебе за правду...

Пепел. Какую правду?

Василиса. А что надоела я тебе... али это не правда?

Пепел молча смотрит на нее.

(Подвигаясь к нему.) Что глядишь? Не узнаешь?

Пепел (вздыхая). Красивая ты, Васка...

Женщина кладет ему руку на шею, но он стряхивает руку ее движением плеча.

...а никогда не лежало у меня сердце к тебе... И жил я с тобой, и всё... а никогда ты не нравилась мне...

Василиса (тихо). Та-ак... Н-ну...

Пепел. Ну, не о чем нам говорить! Не о чем... иди от меня...

Василиса. Другая приглянулась?

Пепел. Не твое дело... И приглянулась — в свахи тебя не позову...

Василиса (значительно). А напрасно... Может, я бы и сосватала...

Пепел (подозрительно). Кого это?

Василиса. Ты знаешь... что притворяться? Василий... я — человек прямой... (Тише.) Скрывать не буду... ты меня обидел... Ни за что ни про что — как плетью хлестнул... Говорил — любишь... и вдруг...

Пепел. Вовсе не вдруг... я давно... души в тебе нет, баба... В женщине — душа должна быть... мы — звери... нам надо... надо нас — приучать... а ты — к чему меня приучила?..

Wassilissa: Was war, das war ... Ich weiß, der Mensch ist nicht frei in seinem Innern ... Liebst du mich nicht mehr – schön! Es soll mir recht sein ...

Pepel: Na also! Abgemacht! Wir trennen uns in Freundschaft, ohne Zank und Streit ... wunderschön!

Wassilissa: Halt, nicht so rasch! Während all der Zeit, die ich mit dir lebte ... wartete ich immer, ob du mir nicht heraushelfen würdest ... aus dem Sumpf hier ... ob du mich nicht von meinem Manne, vom Onkel ... von diesem ganzen Leben hier befreien würdest ... Und vielleicht hab ich dich gar nicht geliebt, Wasja ... vielleicht liebe ich in dir nur ... meine eigne Hoffnung, meinen Traum ... Verstehst du? Ich hatte gehofft, du würdest mich herausziehen ...

Pepel: Bist doch kein Nagel, und ich bin keine Zange ... Ich dachte selber, du würdest mit deiner Schlauheit ... denn schlau bist du und gewandt ...

Wassilissa neigt sich dicht über ihn: Wasja! Wir wollen uns gegenseitig helfen ...

Pepel: Wie denn?

Wassilissa leise, doch mit Nachdruck: Meine Schwester gefällt dir, ich weiß es ...

Pepel: Dafür schlägst du sie auch so grausam! Das sag ich dir, Wasja: Rühr sie nicht mehr an!

Wassilissa: So wart doch! Nicht so hitzig! Es lässt sich alles in Ruhe abmachen, im Guten ... Heirate sie, wenn du willst! Ich gebe dir noch Geld dazu ... dreihundert Rubel! Treib ich mehr auf, geb ich dir noch mehr ...

Pepel rückt auf seinem Platz hin und her: Halt mal ... wie meinst du das? Wofür?

Wassilissa: Befreie mich von meinem Manne! Nimm diese Last von mir ...

Василиса. Что было — того нет... Я знаю — человек сам в себе не волен... Не любишь больше... ладно! Так тому и быть...

Пепел. Ну, значит, и — шабаш! Разошлись смирно, без скандала... и хорошо!

Василиса. Нет, погоди! Все-таки... когда я с тобой жила... я все дожидалась, что ты мне поможешь из омута этого выбраться... освободишь меня от мужа, от дяди... от всей этой жизни... И, может, я не тебя, Вася, любила, а... надежду мою, думу эту любила в тебе... Понимаешь? Ждала я, что вытащишь ты меня...

Пепел. Ты — не гвоздь, я — не клещи... Я сам думал, что ты, как умная... ведь ты умная... ты — ловкая!

Василиса (близко наклоняясь к нему). Вася! давай поможем друг другу...

Пепел. Как это?

Василиса (тихо, сильно). Сестра... тебе нравится, я знаю...

Пепел. За то ты и бьешь ее зверски! Смотри, Васка! Ее — не тронь...

Василиса. Погоди! Не горячись! Можно все сделать тихо, по-хорошему... Хочешь — женись на ней? И я тебе еще денег дам... целковых... триста! Больше соберу — больше дам...

Пепел (отодвигаясь). Постой... как это? За что?

Василиса. Освободи меня... от мужа! Сними с меня петлю эту...

Pepel pfeift leise: Ei, si–ieh doch! Das hast du dir schlau ausgedacht ... Der Mann ins Grab, der Liebhaber in die Zwangsarbeit, und du selber ...

Wassilissa: Aber Wasja! Warum denn Zwangsarbeit? Du brauchst doch nicht selbst ... deine Kameraden! Und wenn du's auch selber tust – wer erfährt's denn? Natascha wird die Deine ... bedenke doch! Geld wirst du haben ... wirst wegziehen von hier, irgendwohin ... Mich erlösest du für immer ... und auch für die Schwester wird's gut sein, dass sie von mir fortkommt. Ich kann sie nicht sehen, ohne rasend zu werden ... ich hasse sie deinetwegen ... und kann mich nicht beherrschen ... Ich schlage sie so hart, dass ich selber vor Mitleid mit ihr weine ... Aber – ich schlage sie eben. Und ich werde sie weiter schlagen!

Pepel: Bestie! Rühmst dich noch deiner Rohheit!

Wassilissa: Ich rühme mich nicht – nur die Wahrheit sag ich. Denk dran, Wasja, schon zweimal hast du wegen meines Alten gesessen ... wegen seiner Habgier ... Wie 'ne Wanze hat er sich an mir festgesogen ... vier Jahre schon saugt er an mir! Einen solchen Mann zu haben! Und auch Natascha quält er, verhöhnt sie, nennt sie eine Bettlerin! Das reine Gift ist er – für uns alle ...

Pepel: Wie schlau du das ausgeheckt hast ...

Wassilissa: Ausgeheckt? Was ich sage, ist doch ganz klar ... nur ein Dummkopf kann nicht begreifen, was sich will ... Kostylew tritt behutsam ein und schleicht leise vorwärts.

Pepel zu Wassilissa: Na ... geh schon!

Wassilissa: Überleg dir's! Sieht ihren Mann. Was gibt's? Bist mir wohl nachgeschlichen? Pepel springt auf und blickt Kostylew wild an.

Kostylew: Jawohl ... ich bin's ... ich bin's ... Und ihr seid hier ganz allein? Ah, ah ... habt 'n bisschen geplaudert? Stampft plötzlich mit den Füßen auf und kreischt laut. Zu Wassilissa. Wasjka ... Du Bettlerin! Du gemeines Luder! Erschrickt vor seinem eigenen Geschrei, dem nur lautloses Schweigen antwortet. Verzeih mir, o Herr ... Schon wieder hast du mich zur Sünde verleitet, Wassilissa ...

Пепел (тихо свистит). Вон что-о! Ого-го! Это — ты ловко придумала... мужа, значит, в гроб, любовника — на каторгу, а сама...

Василиса. Вася! Зачем — каторга? Ты — не сам... через товарищей! Да если и сам, кто узнает? Наталья — подумай! Деньги будут... уедешь куда-нибудь... меня навек освободишь... и что сестры около меня не будет — это хорошо для нее. Видеть мне ее — трудно... злоблюсь я на нее за тебя... и сдержаться не могу... мучаю девку, бью ее... так — бью... что сама плачу от жалости к ней... А — бью. И — буду бить!

Пепел. Зверь! Хвастаешься зверством своим?

Василиса. Не хвастаюсь — правду говорю. Подумай, Вася... Ты два раза из-за мужа моего в тюрьме сидел... из-за его жадности... Он в меня, как клоп, впился... четыре года сосет! А какой он мне муж? Наташку теснит, измывается над ней, нищая, говорит! И для всех он — яд...

Пепел. Хитро ты плетешь...

Василиса. В речах моих — все ясно... Только глупый не поймет, чего я хочу... Костылев осторожно входит и крадется вперед.

Пепел (Василисе). Ну... иди!

Василиса. Подумай! (Видит мужа.) Ты — что? За мной?

Пепел вскакивает и дико смотрит на Костылева

Костылев. Это я... я! А вы тут... одни? А-а... Вы — разговаривали? (Вдруг топает ногами и громко визжит.) Васка... поганая! Нищая... шкура! (Пугается своего крика, встреченного молчанием и неподвижностью.) Прости, господи... опять ты меня, Василиса, во грех ввела...

Ich suche dich überall ... Quiekend. 's ist Zeit zum Schlafengehen! Hast kein Öl ins Lämpchen gegossen ... ach, du! Bettlerin, Schlumpe ... *Streckt ihr drohend die zitternden Fäuste entgegen. Wassilissa geht langsam nach der Tür zum Hausflur und sieht sich dabei nach Pepel um.*

Pepel *zu Kostylew:* Du! Geh deiner Wege ... scher dich ...

Kostylew *schreit:* Ich bin hier der Herr! Scher dich selbst hinaus, verstanden? Spitzbube du?

Pepel *dumpf:* Geh deiner Wege, Mischka ...

Kostylew: Wag's nicht! Sonst soll ... sonst will ich ... *Pepel fasst ihn am Kragen und schüttelt ihn. Von Ofen her hört man lautes Geräusch und vernehmliches Gähnen. Pepel lässt Kostylew los; dieser läuft schreiend zur Tür hinaus, in den Hausflur.*

Pepel *springt auf die Pritsche:* Wer ist da ... wer ist auf dem Ofen?

Luka *streckt den Kopf vor:* Was gibt's?

Pepel: Du bist es?

Luka *gelassen:* Ich bin's ... ich selbst ... Ach, Herr Jesus Christus!

Pepel *schließt die Tür zum Hausflur, sucht den Riegel und findet ihn nicht:* Ach, zum Teufel ... kriech runter, Alter!

Luka: Gleich will ich ... runterkriechen ...

Pepel *barsch:* Warum bist du auf den Ofen geklettert?

Luka: Wohin sollt ich sonst gehen?

Pepel: Du bist doch in den Hausflur gegangen?

Luka: 's war mir im Hausflur zu kalt, Brüderchen ... bin ein alter Mann ...

Pepel: Hast du ... gehört?

Luka: Freilich hab ich gehört! Wie sollt ich nicht hören? Bin doch nicht taub! Ach, Junge, du hast Glück ... wirklich Glück hast du!

Я тебя ищу везде... (Взвизгивая.) Спать пора! Масла в лампады забыла налить... у, ты! Нищая... свинья... (Дрожащими руками машет на нее.)

Василиса медленно идет к двери в сени, оглядываясь на Пепла.

Пепел (Костылеву). Ты! Уйди... пошел!.. Костылев (кричит). Я — хозяин! Сам пошел, да! Вор...

Пепел (глухо). Уйди, Мишка...

Костылев. Не смей! Я тут... я тебя... Пепел хватает его за шиворот и встряхивает. На печи раздается громкая возня и воющее позевыванье. Пепел выпускает Костылева, старик с криком бежит в сени.

Пепел (вспрыгнув на нары). Кто это... кто на печи?

Лука (высовывая голову). Ась?

Пепел. Ты?!

Лука (спокойно). Я... я самый... о, господи Исусе Христе!

Пепел (затворяет дверь в сени, ищет запора и не находит). А, черти... Старик, слезай!

Лука. Сейча-ас... лезу...

Пепел (грубо). Ты зачем на печь залез?

Лука. А куда надо было?

Пепел. Ведь... ты в сени ушел?

Лука. В сенях, браточек, мне, старику, холодно...

Пепел. Ты... слышал?

Лука. А — слышал! Как не слышать? Али я — глухой? Ах, парень, счастье тебе идет... Вот идет счастье!

Pepel misstrauisch: Was für Glück?

Luka: Na, dass ich auf'n Ofen geklettert bin ... das war dein Glück ...

Pepel: Warum hast du so herumgepoltert?

Luka: Weil mir da so heiß wurde ... zu deinem Glück, mein Sohn ... Und dann dacht ich: Wenn der Junge nur keine Dummheit macht ... und den Alten erwürgt ...

Pepel: Ja–a ... ich hätt's fertiggebracht ... ich hasse ihn ...

Luka: 's wär gar kein Wunder ... Nichts leichter, als das ... Kommt häufig vor, solch eine Dummheit ...

Pepel lächelnd: Hm? Hast auch schon mal ... solch eine Dummheit gemacht? ...

Luka: Hör, mein Junge, was ich dir sage: dieses Weib, das halte dir vom Leibe! Um keinen Preis lass sie dir nahe kommen ... Ihren Mann wird sie sich schon selbst vom Leibe schaffen ... noch geschickter, als du es könntest, ja! Hör nicht auf das Satansweib! Sieh mich an: Ganz kahlköpfig bin ich ... Und wovon? Einzig und allein von den Weibern ... Hab ihrer vielleicht mehr gekannt, dieser Weiber, als ich Haare auf dem Kopfe hatte ... Und diese Wassilissa ... ist schlimmer als die Pest ...

Pepel: Ich weiß nicht ... soll ich dir danken, oder ... hast auch du ...

Luka: Rede nicht weiter! Tu, was ich dir sage! Hast du hier ein Mädel, das dir gefällt – dann nimm's bei der Hand, und marsch alle beide, fort von hier! Nur weg, recht weit weg ...

Pepel düster: Man kennt sich nicht aus in den Menschen! Wer gut ist, wer Böse ... nichts lässt sich mit Bestimmtheit sagen! ...

Luka: Was ist da viel zu sagen? Der Mensch lebt bald so, bald so ... wie sein Herz gestimmt ist, so lebt er ... heut ist er gut, morgen böse. Und wenn jenes Mädchen dir wirklich am Herzen liegt – dann zieh mit ihr fort, abgemacht ... Oder geh allein ... Bist jung, hast noch Zeit genug, dir ein Weib zu nehmen ...

Пепел (подозрительно). Какое счастье? В чем?

Лука. А вот в том, что я на печь залез.

Пепел. А... зачем ты там возиться начал?

Лука. Затем, значит, что — жарко мне стало... на твое сиротское счастье... И опять же, смекнул я, как бы, мол, парень-то не ошибся... не придушил бы старичка-то...

Пепел. Да-а... я это мог... ненавижу...

Лука. Что мудреного? Ничего нет трудного... Часто эдак-то ошибаются...

Пепел (улыбаясь). Ты — что? Сам, что ли, ошибся однажды?

Лука. Парень! Слушай-ка, что я тебе скажу: бабу эту — прочь надо! Ты ее — ни-ни! — до себя не допускай... Мужа — она и сама со света сживет, да еще половчее тебя, да! Ты ее, дьяволицу, не слушай... Гляди — какой я? Лысый... А отчего? От этих вот самых разных баб... Я их, баб-то, может, больше знал, чем волос на голове было... А эта Василиса — она... хуже черемиса!

Пепел. Не понимаю я... спасибо тебе сказать, или ты... тоже...

Лука. Ты — не говори! Лучше моего не скажешь! Ты слушай: которая тут тебе нравится, бери ее под руку, да отсюда — шагом марш! — уходи! Прочь уходи...

Пепел (угрюмо). Не поймешь людей! Которые — добрые, которые — злые!.. Ничего не понятно...

Лука. Чего там понимать? Всяко живет человек... как сердце налажено, так и живет... сегодня — добрый, завтра — злой... А коли девка эта за душу тебя задела всурьез... уйди с ней отсюда, и кончено... А то — один иди... Ты — молодой, успеешь бабой обзавестись...

Pepel fasst ihn an der Schulter: Nein, sag doch – warum du das alles ...

Luka: Wart! Lass mich los ... will nach der Anna sehn ... sie hat so geröchelt ... Tritt an Annas Lager, schlägt den Vorhang zurück, blickt die Daliegende an und berührt sie mit der Hand. Pepel beobachtet ihn mit nachdenklicher, unsicherer Miene. Jesus Christus, Allgütiger! Nimm die Seele deiner eben verstorbenen Magd Anna in Frieden zu dir ...

Pepel leise: Ist sie tot? Reckt sich empor und blickt, ohne näher zu treten, nach Annas Lager.

Luka leise: Geendet ist ihre Qual! Und wo ist denn ihr Mann?

Pepel: In der Schenke jedenfalls ...

Luka: Man muss es ihm sagen ...

Pepel zusammenschauernd: Ich liebe die Toten nicht.

Luka geht auf die Tür zu: Warum sollte man sie auch lieben? Die Lebenden muss man lieben ... die Lebenden ...

Pepel: Ich gehe mit dir ...

Luka: Fürchtest dich wohl?

Pepel: Ich liebe sie nicht ... Geht hastig mit Luka hinaus. Die Bühne bleibt eine kurze Weile leer. Hinter der Tür zum Hausflur vernimmt man ein dumpfes, wirres, seltsames Geräusch, dann tritt der Schauspieler ein.

Der Schauspieler bleibt, ohne die Tür zu schließen, auf der Schwelle stehen und schreit, während er sich mit den Händen an den Türpfosten festhält: Alterchen! Luka! He, wo steckst du? Jetzt ist mir's eingefallen ... hör mal! Tritt schwankend zwei Schritte vor, setzt sich in Positur und deklamiert.

Und wenn die Sonne aus dem Weltenraum
Ihr Licht der Erde fürder nicht mag senden,
Dann heil dem Toren, dessen goldner Traum
Der Menschheit einen Schimmer doch wird spenden!

Пепел (берет его за плечо). Нет, ты скажи — зачем ты все это...

Лука. Погоди-ка, пусти... Погляжу я на Анну... чего-то она хрипела больно... (Идет к постели Анны, открывает полог, смотрит, трогает рукой.)

Пепел задумчиво и растерянно следит за ним.

Исусе Христе, многомилостивый! Дух новопреставленной рабы твоей Анны с миром приими...

Пепел (тихо). Умерла?.. (Не подходя, вытягивается и смотрит на кровать.)

Лука (тихо). Отмаялась!.. А где мужик-то ее?

Пепел. В трактире, наверно...

Лука. Надо сказать...

Пепел (вздрагивая). Не люблю покойников...

Лука (идет к двери). За что их любить?.. Любить — живых надо... живых...

Пепел. И я с тобой...

Лука. Боишься?

Пепел. Не люблю...

Торопливо выходят. Пустота и тишина. За дверью в сени слышен глухой шум, неровный, непонятный. Потом — входит Актер.

Актер (останавливается, не затворяя двери, на пороге и, придерживаясь руками за косяки, кричит). Старик, эй! Ты где? Я — вспомнил... слушай. (Шатаясь, делает два шага вперед и, принимая позу, читает.) Господа!

Если к правде святой
Мир дорогу найти не умеет, —
Честь безумцу, который навеет
Человечеству сон золотой!

Natascha erscheint hinter dem Schauspieler in der Tür.

Der Schauspieler fährt fort: Alter ... hör zu!

Und sollt einmal die Welt aus ihrer Bahn
Auf ihrem Weg zur Wahrheit auch entgleisen,
So wird ein Tor mit seinem lichten Wahn
Der Irrenden die rechten Pfade weisen ...

Natascha lacht: Seht doch die Vogelscheuche! Hat der wieder mal 'nen Affen ...

Der Schauspieler dreht sich nach ihr um: A-ah, du bist es! Und wo ist denn unser Alter? Unser liebes, gutes Alterchen? Kein Mensch scheint ... zu Hause zu sein ... Natascha, leb wohl! Leb wohl – ja!

Natascha tritt näher: hast mich noch nicht mal begrüßt, und nimmst schon Abschied ...

Der Schauspieler tritt ihr in den Weg: Ich geh fort von hier ... ich verreise ... Sobald der Frühling ins Land kommt – geh ich auf und davon ...

Natascha: Lass mich gehen ... Wohin verreist du denn?

Der Schauspieler: Eine Stadt will ich suchen gehen ...kurieren will ich mich ... Auch du geh hier fort ... Ophelia ... geh in ein Kloster! ... Es gibt nämlich, verstehst du, eine Heilanstalt für Organismen ... für Trunkenbolde sozusagen ...eine ausgezeichnete Heilanstalt ... alles Marmor ...marmorner Fußboden! Licht ... Sauberkeit ... Kost – alles umsonst! Und marmorner Fußboden, ja! Ich werde sie finden, diese Stadt, werde mich auskurieren lassen und ... ein neues Leben beginnen ... Ich bin auf dem Wege zur Wiedergeburt ... wie König Lear sagt! Weißt du auch, Natascha ... wie ich mit meinem Bühnennamen heiße? Swertschkow-Sawolschskij heiß ich ... kein Mensch weiß das hier, kein Mensch! Hier bin ich namenlos ... begreifst du wohl, wie kränkend das ist – seinen Namen zu verlieren? Selbst Hunde haben ihre Namen ... Natascha geht leise an dem Schauspieler vorüber, bleibt an Annas Lager stehen und blickt auf die Tote.

Der Schauspieler: Namenlos ... ausgestrichen aus dem Buch des Lebens ...

Наташа является сзади Актера в двери.

Старик!..

Если б завтра земли нашей путь
Осветить наше солнце забыло.
Завтра ж целый бы мир осветила
Мысль безумца какого-нибудь...

Наташа (смеется). Чучело! Нализался...

Актер (оборачиваясь к ней). А-а, это ты? А — где старичок... милый старикашка? Здесь, по-видимому, — никого нет... Наташа, прощай! Прощай... да!

Наташа (входя). Не здоровался, а прощаешься...

Актер (загораживая ей дорогу). Я — уезжаю, ухожу... Настанет весна — и меня больше нет...

Наташа. Пусти-ка... куда это ты?

Актер. Искать город... лечиться... Ты — тоже уходи... Офелия... иди в монастырь... Понимаешь — есть лечебница для организмов... для пьяниц... Превосходная лечебница... Мрамор... мраморный пол! Свет... чистота, пища... всё — даром! И мраморный пол, да! Я ее найду, вылечусь и... снова буду... Я на пути к возрожденью... как сказал... король... Лир! Наташа... по сцене мое имя Сверчков-Заволжский... никто этого не знает, никто! Нет у меня здесь имени... Понимаешь ли ты, как это обидно — потерять имя? Даже собаки имеют клички...

Наташа осторожно обходит Актера, останавливается у кровати Анны, смотрит.

Без имени — нет человека...

Natascha: Sieh doch ... die Ärmste ... sie ist tot ...

Der Schauspieler kopfschüttelnd: Nicht möglich ...

Natascha tritt zur Seite: Bei Gott ... sieh doch ...

Bubnow in der Tür: Was gibt's denn da zu sehen?

Natascha: Anna ... ist gestorben!

Bubnow: Hat also aufgehört zu husten. Tritt an Annas Bett, schaut eine Weile auf die Tote und geht dann an seinen Platz. Man muss es Kleschtsch sagen ... ihn geht's an ...

Der Schauspieler: Ich geh ... will's ihm sagen ... Auch die ist jetzt namenlos! Ab.

Natascha mitten im Zimmer, halb für sich: Auch ich werde ... einmal so ... ganz unversehens enden ...

Bubnow breitet auf seiner Pritsche eine zerlumpte alte Decke aus: Was ist? Was brummst du da?

Natascha: Nichts ... nur so für mich ...

Bubnow: Erwartest wohl den Wasjka? Nimm dich in acht, dieser Wasjka ... schlägt dir noch mal den Schädel ein ...

Natascha: Ist's nicht gleich, wer ihn mir einschlägt? Dann mag er's schon lieber tun ...

Bubnow legt sich nieder: Wie du willst ... was geht's mich an?

Natascha: 's ist wohl das Beste für sie ... dass sie gestorben ist ... Kann einem wirklich leid tun ... Du lieber Gott! ... Warum lebt man nun?

Bubnow: Das ist mal 'ne Frage – man lebt eben! Man wird geboren, lebt eine Zeit lang und stirbt. Auch ich werde sterben ... auch du wirst sterben ... was heißt da leid tun? Luka, der Tatar, Schiefkopf und Kleschtsch treten ein. Kleschtsch geht, in gedrückter Haltung, zögernd hinter den anderen her.

Natascha: Ss–st! Anna ...

Schiefkopf: Wir haben schon gehört ... Gott habe sie selig ...

Наташа. Гляди... голубчик... померла ведь...

Актер (качая головой). Не может быть...

Наташа (отступая). Ей-богу... смотри...

Бубнов (в двери). Чего смотреть?

Наташа. Анна-то... померла!

Бубнов. Кашлять перестала, значит. (Идет к постели Анны, смотрит, идет на свое место.) Надо Клещу сказать... это — его дело...

Актер. Я иду... скажу... потеряла имя!.. (Уходит.)

Наташа (посреди комнаты). Вот и я... когда-нибудь так же... в подвале... забитая...

Бубнов (расстилая на своих нарах какое-то тряпье). Чего? Ты чего бормочешь?

Наташа. Так... про себя...

Бубнов. Ваську ждешь? Гляди — сломит тебе голову Васька...

Наташа. А не все равно — кто сломит? Уж пускай лучше он...

Бубнов (ложится). Ну, твое дело...

Наташа. Ведь вот... хорошо, что она умерла... а жалко... Господи!.. Зачем жил человек?

Бубнов. Все так: родятся, поживут, умирают. И я помру... и ты... Чего жалеть?

Входят: Лука, Татарин, Кривой Зоб и Клещ. Клещ идет сзади всех, медленно, съежившись.

Наташа. Ш-ш! Анна...

Кривой Зоб. Слышали... царство небесное, коли померла...

Der Tatar zu Kleschtsch: Sie muss rausgebracht werden! In 'n Hausflur muss sie geschafft werden! Hier ist kein Platz für Tote, nur Lebende dürfen hier schlafen ...

Kleschtsch leise: Wir bringen sie gleich raus ... Alle treten an das Bett. Kleschtsch betrachtet seine Frau über die Schultern der anderen hinweg.

Schiefkopf zum Tataren: Meinst, sie wird riechen? Die riecht nicht ... Die ist schon bei Lebzeiten ganz ausgetrocknet ...

Natascha: Du lieber Gott! Habt doch Erbarmen ... wenn doch jemand ein Wort sagen wollte! Ach, ihr seid wirklich ...

Luka: Nimm's nicht für ungut, meine Tochter ... hat nichts zu sagen! Wie sollen wir mit den Toten Erbarmen haben? Wir haben's doch nicht mal mit den Lebenden ... nicht mal mit uns selbst, meine Liebe! Was denkst du?!

Bubnow gähnt: Ein Wort sagen ... wenn sie tot ist – hilft ihr kein Wort mehr ... Gegen Krankheit gibt's gewisse Worte, gegen den Tod nicht!

Der Tatar zur Seite tretend: Der Polizei muss man's melden ...

Schiefkopf: Natürlich – das ist Vorschrift! Kleschtsch! Hast du's schon gemeldet?

Kleschtsch: Nein ... Nun kommt das Begräbnis, und ich hab nur vierzig Kopeken in der Tasche ...

Schiefkopf: So borg doch ... oder wir machen 'ne Sammlung ... jeder gibt, was er kann, der so viel, der so viel ... Aber nu rasch zur Polizei, melde es! Sonst denken sie am Ende, du hast dein Weib totgeschlagen ... oder sonst was . Geht nach der Pritsche, auf der bereits der Tatar liegt, und schickt sich an, sich neben diesen zu legen.

Natascha tritt an Bubnows Pritsche heran: Nun werde ich von ihr träumen ... ich träume immer von Toten ...Ich fürcht mich allein ... im Hausflur ist's so dunkel ...

Luka folgt ihr mit den Augen: Vor den Lebenden fürchte dich, das sag ich dir ...

Татарин (Клещу). Надо вон тащить! Сени надо тащить! Здесь — мертвый — нельзя, здесь — живой спать будет...

Клещ (негромко). Вытащим...

Все подходят к постели. Клещ смотрит на жену через плечи других.

Кривой Зоб (Татарину). Ты думаешь — дух пойдет? От нее духа не будет... она вся еще живая высохла...

Наташа. Господи! Хоть бы пожалели... хоть бы кто слово сказал какое-нибудь! Эх вы...

Лука. Ты, девушка, не обижайся... ничего! Где им... куда нам — мертвых жалеть? Э, милая! Живых — не жалеем... сами себя пожалеть-то не можем... где тут!

Бубнов (зевая). И опять же — смерть слова не боится!.. Болезнь — боится слова, а смерть — нет!

Татарин (отходя). Полицию надо...

Кривой Зоб. Полицию — это обязательно! Клещ! Полиции заявил?

Клещ. Нет... Хоронить надо... а у меня сорок копеек всего...

Кривой Зоб. Ну, на такой случай — займи... а то мы соберем... кто пятак, кто — сколько может... А полиции заяви... скорее! А то она подумает — убил ты бабу... или что... (Идет к нарам и собирается лечь рядом с Татарином.)

Наташа (отходя к нарам Бубнова). Вот... будет она мне сниться теперь... мне всегда покойники снятся... боюсь идти одна... в сенях — темно...

Лука (следуя за ней). Ты — живых опасайся... вот что я скажу...

Natascha: Begleite mich, Großväterchen ...

Luka: Komm ... komm ... ich begleite dich.

Beide ab. Pause.

Schiefkopf gähnt. Oh – oh – ach! Zum Tataren. Nu wird's bald Frühling, Hassan ... Da gibt's wieder 'n bisschen Sonne für uns. Jetzt bringen die Bauern ihre Pflüge und Eggen in Ordnung ... bald geht's aufs Feld hinaus ... hm – ja! Und wir ... Hassan? Er schnarcht ja schon! Mohammed verdammter!

Bubnow: Die Tataren haben 'nen gesunden Schlaf ...

Kleschtsch steht mitten im Quartier und starrt dumpf vor sich hin. Was soll ich jetzt anfangen?

Schiefkopf: Leg dich hin und schlaf! ... Weiter nichts ...

Kleschtsch leise: Und ... sie? Was soll ... mit ihr geschehen? Niemand antwortet ihm. Satin und der Schauspieler treten ein.

Der Schauspieler schreit: Alterchen! Zu mir, mein getreuer Kent!

Satin: Miklucha-Maclay ... ho ho!

Der Schauspieler: Die Sache ist abgemacht! Alter, wo liegt die Stadt ... wo bist du?

Satin: Fata Morgana! Der Alte hat dich beschwindelt ... Es gibt keine solche Stadt! Keine Städte gibt's, keine Menschen gibt's ... gar nichts gibt's überhaupt!

Der Schauspieler: Das lügst du, Kerl ...

Der Tatar springt auf: Wo ist der Wirt? Ich will zum Wirt! Wenn man hier nicht schlafen kann, soll er auch kein Geld verlangen ... Tote ... Betrunkene ... Rasch ab. Satin pfeift hinter ihm her.

Bubnow verschlafen: Legt euch schlafen, Kinder, macht keinen Lärm ... Die Nacht ist zum Schlafen da ...

Der Schauspieler: Richtig ... wir haben ja hier ... eine Tote! »Einen Toten haben wir gefischt mit unsern Netzen ...« heißt es in einem ... Chanson ... von B–Béranger!

Наташа. Проводи меня, дедушка...

Лука. Идем... идем, провожу!

Уходят. Пауза.

Кривой Зоб. Охо-хо-о! Асан! Скоро весна, друг... тепло нам жить будет! Теперь уж в деревнях мужики сохи, бороны чинят... пахать налаживаются... н-да! А мы... Асан?.. Дрыхнет уж, Магомет окаянный...

Бубнов. Татары спать любят...

Клещ (стоит посредине ночлежки и тупо смотрит пред собой). Чего же мне теперь делать?

Кривой Зоб. Ложись да спи... только и всего...

Клещ (тихо). А... она... как же?

Никто не отвечает ему. Сатин и Актер входят.

Актер (кричит). Старик! Сюда, мой верный Кент...

Сатин. Миклуха-Маклай идет... х-хо!

Актер. Кончено и решено! Старик, где город... где ты?

Сатин. Фата-моргана! Наврал тебе старик... Ничего нет! Нет городов, нет людей... ничего нет!

Актер. Врешь!

Татарин (вскакивая). Где хозяин? Хозяину иду! Нельзя спать — нельзя деньги брать... Мертвые... пьяные... (Быстро уходит.)

Сатин свистит вслед ему.

Бубнов (сонным голосом). Ложись, ребята, не шуми... ночью — спать надо!

Актер. Да... здесь — ага! Мертвец... «Наши сети притащили мертвеца»... стихотворение... Б-беранжера!

Satin schreit: Die Toten hören nicht! Die Toten fühlen nicht! Schrei ... brülle, soviel du willst ... kein Toter hört dich! ... In der Tür erscheint Luka.

Vorhang.

Сатин (кричит). Мертвецы — не слышат! Мертвецы не чувствуют... Кричи... реви... мертвецы не слышат!..

В двери является Лука.

Занавес.

Dritter Aufzug

Ein öder Platz zwischen Gebäuden, der mit allerhand Rumpelkram angefüllt und mit Unkraut bewachsen ist. Im Hintergrunde eine hohe, aus Ziegelsteinen errichtete Brandmauer, die den Himmel verdeckt. Neben ihr Holundergebüsch. Rechts eine dunkle, aus Balken gefügte Wand, die zu einem Hofgebäude, einem Schuppen oder Stall gehört. Links die graue, hier und da Reste von Kalkbewurf aufweisende Wand des Hauses, in dem Kostylews Herberge sich befindet. Die letztere steht schräg, sodass ihre hintere Ecke bis fast in die Mitte des Platzes vorspringt. Zwischen ihr und der roten Wand ein schmaler Durchgang. In der grauen Wand zwei Fenster – das eine in gleicher Höhe mit dem Boden, das andere etwa anderthalb Meter höher und näher nach der Brandmauer zu. Neben der grauen Wand liegt, mit den Kufen nach oben, ein großer Schlitten und ein etwa drei Meter großer Balken. Rechts neben der Wand ein Haufen alter Bretter und behauener Balken. Es ist Abend, die Sonne geht unter und wirft ein rötliches Licht auf die Brandmauer. Der Frühling hat eben erst begonnen, der Schnee ist kaum geschmolzen. Das schwarze Geäst der Holunderbüsche zeigt noch keine Knospen. Auf dem Balken sitzen nebeneinander Natascha und Nastja. Auf dem Holzhaufen Luka und der Baron. Kleschtsch liegt auf einem Holzhaufen neben der rechten Wand. Aus dem unteren Fenster schaut Bubnow in den Hof.

Nastja mit geschlossenen Augen, bewegt den Kopf im Takt zu ihrer Erzählung, die sie in singendem Ton vorträgt: In der Nacht also kommt er in den Garten, in die Laube, wie wir es verabredet hatten ... und ich warte schon längst und zittre vor Angst und Kummer. Auch er zittert am ganzen Leibe und ist kreideweiß, in der Hand aber hat er einen Revolver ...

Natascha knabbert Sonnenblumenkerne: Was du sagst! Diese Studenten sind doch Tollköpfe ...

Nastja: Und mit schrecklicher Stimme spricht er zu mir: Meine teure Geliebte ...

Bubnow: Ha ha! Meine »teure« hat er gesagt?

Действие третье

«Пустырь» — засоренное разным хламом и заросшее бурьяном дворовое место. В глубине его — высокий кирпичный брандмауэр. Он закрывает небо. Около него — кусты бузины. Направо — темная, бревенчатая стена какой-то надворной постройки: сарая или конюшни. А налево — серая, покрытая остатками штукатурки стена того дома, в котором помещается ночлежка Костылевых. Она стоит наискось, так что ее задний угол выходит почти на средину пустыря. Между ею и красной стеной — узкий проход. В серой стене два окна: одно — в уровень с землей, другое — аршина на два выше и ближе к брандмауэру. У этой стены лежат розвальни кверху полозьями и обрубок бревна, длиною аршина в четыре. Направо у стены — куча старых досок, брусьев. Вечер, заходит солнце, освещая брандмауэр красноватым светом. Ранняя весна, недавно стаял снег. Черные сучья бузины еще без почек. На бревне сидят рядом Наташа и Настя. На дровнях — Лука и Барон. Клещ лежит на куче дерева у правой стены. В окне у земли — рожа Бубнова.

Настя (закрыв глаза и качая головой в такт словам, певуче рассказывает). Вот приходит он ночью в сад, в беседку, как мы уговорились... а уж я его давно жду и дрожу от страха и горя. Он тоже дрожит весь и — белый как мел, а в руках у него леворверт...

Наташа (грызет семечки). Ишь! Видно, правду говорят, что студенты — отчаянные...

Настя. И говорит он мне страшным голосом: «Драгоценная моя любовь...»

Бубнов. Хо-хо! Драгоценная?

Der Baron: Still da! Lass sie ruhig schwindeln – brauchst ja nicht zuzuhören, wenn's dir nicht gefällt ... Also weiter!

Nastja: Meine Herzallerliebste, sagt er, mein Goldschatz! Die Eltern verweigern mir meine Einwilligung dazu, sagt er, dass ich dich heirate ... und drohen mir mit ihrem Fluche, wenn ich nicht von dir lasse. Und so muss ich mir denn, sagt er, das Leben nehmen ... Und sein Revolver war ganz fürchterlich groß und mit zehn Kugeln geladen ... Lebe wohl, sagt er, traute Freundin meines Herzens! Mein Entschluss ist unwiderruflich ... ich kann ohne dich nicht leben. Ich aber antworte ihm: Mein unvergesslicher Freund ... mein Raoul ...

Bubnow erstaunt: Wie hieß er? Graul?

Der Baron: Du irrst dich. Nastjka! Das letzte Mal hieß er doch Gaston!

Nastja springt auf: Schweigt ... ihr Unglücklichen! Ihr ... elenden Strolche! Könnt ihr überhaupt begreifen, was Liebe ist ... wirkliche, echte Liebe? Und ich ... ich habe sie gekostet, diese wirkliche Liebe! Zum Baron. Du Jammerkerl ... Du willst ein gebildeter Mensch sein ... sagst, du hättest im Bett Kaffee getrunken ...

Luka: So habt doch Geduld! Stört sie nicht! Nehmt Rücksicht auf sie ... nicht aufs Wort kommt es an, sondern darauf, warum's gesprochen wird – seht ihr, darauf kommt's an! Immer erzähl, meine Liebe – hat nichts zu sagen!

Bubnow: Immer färb dir die Federn, Krähe ... na, leg doch los!

Der Baron: Weiter also!

Natascha: Achte nicht auf sie, wer sind sie denn? Sie reden nur aus Neid so ... weil sie von sich nichts zu erzählen wissen ...

Nastja setzt sich wieder: Ich will nicht ... Ich erzähl nicht weiter ... Wenn sie's nicht glauben wollen ... und darüber lachen ... Bricht plötzlich ab, schweigt ein paar Sekunden, schließt wieder die Augen und fährt dann laut und hastig fort zu erzählen, wobei sie im Takt zu ihrer Rede die Hand bewegt und gleichsam auf eine in der Ferne erklingende Musik lauscht. Und ich antworte ihm darauf: Du Freude meines Daseins! Du glänzender Stern! Auch ich vermag ohne

Барон. Погоди! Не любо — не слушай, а врать не мешай... Дальше!

Настя. «Ненаглядная, говорит, моя любовь! Родители, говорит, согласия своего не дают, чтобы я венчался с тобой... и грозят меня навеки проклясть за любовь к тебе. Ну и должен, говорит, я от этого лишить себя жизни...» А леворверт у него — агромадный и заряжен десятью пулями... «Прощай, говорит, любезная подруга моего сердца! — решился я бесповоротно... жить без тебя — никак не могу». И отвечала я ему: «Незабвенный друг мой... Рауль...»

Бубнов (удивленный). Чего-о? Как? Краул?

Барон (хохочет). Настька! Да ведь... ведь прошлый раз — Гастон был!

Настя (вскакивая). Молчите... несчастные! Ах... бродячие собаки! Разве... разве вы можете понимать... любовь? Настоящую любовь? А у меня — была она... настоящая! (Барону.) Ты! Ничтожный!.. Образованный ты человек... говоришь — лежа кофей пил...

Лука. А вы — погоди-ите! Вы — не мешайте! Уважьте человеку... не в слове — дело, а — почему слово говорится? — вот в чем дело! Рассказывай, девушка, ничего!

Бубнов. Раскрашивай, ворона, перья... валяй!

Барон. Ну — дальше!

Наташа. Не слушай их... что они? Они — из зависти это... про себя им сказать нечего...

Настя (снова садится). Не хочу больше! Не буду говорить... Коли они не верят... коли смеются... (Вдруг, прерывая речь, молчит несколько секунд и, вновь закрыв глаза, продолжает горячо и громко, помахивая рукой в такт речи и точно вслушиваясь в отдаленную музыку.) И вот — отвечаю я ему: «Радость жизни моей! Месяц ты мой ясный! И мне без тебя тоже вовсе невозможно жить на свете... потому

dich nicht zu leben ... weil ich dich wahnsinnig liebe und allezeit lieben werde, solange das Herz in meiner Brust schlägt! Aber, sag ich, beraube dich nicht deines jungen Lebens ... denn sieh, deine teuren Eltern, deren einzige Freude du bist – sie bedürfen dein ... Lass ab von mir! Mag ich lieber zugrunde gehen ... aus Sehnsucht nach dir, mein Leben ... ich bin allein ... ich bin – so eine! Ja, lass mich sterben ... was liegt daran ... denn ich tauge nichts ... und habe nichts ... rein gar nichts ... Bedeckt ihr Gesicht mit den Händen und weint still in sich hinein.

Natascha wendet sich zur Seite, leise: Nicht doch ... weine nicht! Luka streichelt lächelnd Nastjas Kopf.

Bubnow lacht laut: Nein, so 'n Teufelsmädel – was?

Der Baron lacht gleichfalls: Sag mal, Großväterchen, glaubst du ihr denn, was sie da erzählt? Das ist ja alles aus ihrem Buch ... aus der »Verhängnisvollen Liebe« ... alles verrücktes Zeug! Lass sie laufen! ...

Natascha: Was geht's dich denn an? Schweig lieber, du! Der Herrgott hat dich genug gestraft ...

Nastja wütend: Du Hohlkopf! Sag, wo ist deine Seele?

Luka fasst Nastja an der Hand: Komm, meine Liebe! Ärgere dich nicht ... hat nichts zu sagen! Ich weiß ja ... Ich – glaube dir. Du hast recht, und nicht jene da ... Wenn du's selber glaubst, dann hattest du eben eine solche ... echte Liebe ... Gewiss doch! Ganz gewiss! Und dem da, deinem ... Liebsten, sei nicht böse ... Er lacht vielleicht wirklich nur ... darum, weil er neidisch ist ... Hat wohl nie im Leben was Echtes gekostet ... nein, ganz gewiss nicht! Komm! ...

Nastja presst ihre Arme gegen die Brust: Großväterchen! Bei Gott ... 's ist wahr! Alles ist wahr! ... Der Student war ein Franzose ... Gastoscha hieß er ... und ein schwarzes Bärtchen hatte er ... und trug immer Lackstiefel ... der Blitz soll mich auf der Stelle treffen, wenn's nicht wahr ist! Und wie er mich liebte ... ach, wie er mich liebte!

как люблю я тебя безумно и буду любить, пока сердце бьется во груди моей! Но, говорю, не лишай себя молодой твоей жизни... как нужна она дорогим твоим родителям, для которых ты — вся их радость... брось меня! Пусть лучше я пропаду... от тоски по тебе, жизнь моя... я — одна... я — таковская! Пускай уж я... погибаю, — все равно! Я — никуда не гожусь... и нет мне ничего... нет ничего...» (Закрывает лицо руками и беззвучно плачет.)

Наташа (отвертываясь в сторону, негромко). Не плачь... не надо!

Лука, улыбаясь, гладит голову Насти.

Бубнов (хохочет). Ах... чертова кукла! а?

Барон (тоже смеется). Дедка! Ты думаешь — это правда? Это все из книжки «Роковая любовь»... Все это — ерунда! Брось ее!..

Наташа. А тебе что? Ты! Молчи уж... коли бог убил...

Настя (яростно). Пропащая душа! Пустой человек! Где у тебя — душа?

Лука (берет Настю за руку). Уйдем, милая! ничего... не сердись! Я — знаю... Я — верю! Твоя правда, а не ихняя... Коли ты веришь, была у тебя настоящая любовь... значит — была она! Была! А на него — не сердись, на сожителя-то... Он... может, и впрямь из зависти смеется... у него, может, вовсе не было настоящего-то... ничего не было! Пойдем-ка!..

Настя (крепко прижимая руки к груди). Дедушка! Ей-богу... было это! Все было!.. Студент он... француз был... Гастошей звали... с черной бородкой... в лаковых сапогах ходил... разрази меня гром на этом месте! И так он меня любил... так любил!

Luka: Ich weiß ja! Hat nichts zu sagen! Ich glaub dir's! Lackstiefel trug er also, sagst du? Ei, ei! Na, und du hast ihn natürlich auch geliebt. Beide ab um die Ecke

Der Baron: Ein zu dummes Frauenzimmer! Gutmütig, aber dumm ... unerträglich dumm!

Bubnow: Wie nur ein Mensch so in einem fort lügen kann! Immer, als wenn sie vorm Untersuchungsrichter stände ...

Natascha: Die Lüge muss doch angenehmer sein als die Wahrheit ... Auch ich ...

Der Baron: Was »auch du«? Sprich weiter.

Natascha: Auch ich denk mir manches aus ... Denke mir's aus ...und warte ...

Der Baron: Auf was?

Natascha lächelt verlegen: Na, so ... Vielleicht, denk ich ... kommt morgen jemand ... irgendjemand Besonderes ... Oder es passiert was ... etwas Niedagewesenes ... Lange schon wart ich ... immer wart ich ... Und schließlich ... wenn man's bei Licht besieht ... was kann man groß erwarten? Pause.

Der Baron lächelnd: Gar nichts kann man erwarten ... Ich wenigstens – erwarte nichts mehr! Für mich ... war alles schon da! Alles vorbei ... zu Ende! Was weiter?

Natascha: Manchmal stell ich mir auch vor, dass ich morgen ... plötzlich sterbe ... davon wird mir dann so bange ...Im Sommer denkt man gern an den Tod ... da gibt es Gewitter ... jeden Augenblick kann einen der Blitz treffen ...

Der Baron: Du hast es nicht gut im Leben ... Deine Schwester ist ein richtiger Satan ...

Natascha: Wer hat's überhaupt gut im Leben? Alle haben es schlecht ... soviel ich sehe ...

Лука. Я — знаю! Ничего! Я верю! В лаковых сапогах, говоришь? А-яй-ай! Ну — и ты его тоже — любила?

Уходят за угол.

Барон. Ну и глупа же эта девица... добрая, но... глупа — нестерпимо!

Бубнов. И чего это... человек врать так любит? Всегда — как перед следователем стоит... право!

Наташа. Видно, вранье-то... приятнее правды... Я — тоже...

Барон. Что — тоже? Дальше?!

Наташа. Выдумываю... Выдумываю и — жду...

Барон. Чего?

Наташа (смущенно улыбаясь). Так... Вот, думаю, завтра... приедет кто-то... кто-нибудь... особенный... Или — случится что-нибудь... тоже — небывалое... Подолгу жду... всегда — жду... А так... на самом деле — чего можно ждать?

Пауза.

Барон (с усмешкой). Нечего ждать... Я — ничего не жду! Все уже... было! Прошло... кончено!.. Дальше!

Наташа. А то... воображу себе, что завтра я... скоропостижно помру... И станет от этого — жутко... Летом хорошо воображать про смерть... грозы бывают летом... всегда может грозой убить...

Барон. Нехорошо тебе жить... эта сестра твоя... дьявольский характер!

Наташа. А кому — хорошо жить? Всем плохо... я вижу...

Kleschtsch hat bisher unbeweglich und teilnahmslos dagelegen und springt plötzlich auf: Alle? Das ist nicht wahr! Nicht alle! Wenn's alle schlecht hätten ... dann müsste man's so hinnehmen! Das wäre kein Grund zu klagen ... ja!

Bubnow: Sag mal – reitet dich der Teufel? Hört doch! Brüllt mit einem Mal auf. Kleschtsch legt sich wieder auf seinen Platz und knurrt vor sich hin.

Der Baron: Muss doch sehen, was Nastenjka macht ... muss mich mit ihr vertragen ... sonst gibt sie kein Geld für Schnaps ...

Bubnow: Dass die Menschen das Lügen nicht lassen können! Bei Nastjka begreif ich's schließlich. Die ist dran gewöhnt, sich die Backen zu schminken ... da versucht sie's auch mal mit der Seele ... schminkt sich ihr Seelchen rot ... Aber die andern – warum tun die es? Luka zum Beispiel ... was flunkert der nicht zusammen ... so mir nichts, dir nichts! Warum lügt er nur ... in seinen Jahren!

Der Baron geht lächelnd ab: Alle Menschen – haben graue Seelen ... alle legen gern ein bisschen Rot auf ...

Luka tritt hinter der Ecke hervor: Sag doch, Baron – warum kränkst du das Mädchen? Lass sie doch ... mag sie weinen, sich die Zeit vertreiben ... Sie vergießt doch nur zu ihrem Vergnügen Tränen ... was kann's dir schaden?

Der Baron: Ein albernes Ding ist sie, Alter! Das wächst einem ja zum Halse heraus ... Heut – Raoul, morgen Gaston ... und ewig ein und dasselbe! Übrigens – will ich mich wieder mit ihr aussöhnen ... Ab.

Luka: Geh, sei hübsch freundlich zu ihr! Gegen einen Menschen freundlich sein – schadet niemals ...

Natascha: Wie gut du bist, Großväterchen ... Wie kommt es, dass du so gut bist?

Luka: Gut bin ich, sagst du? Na ... 's ist doch recht so, denk ich ... ja! Hinter der roten Wand hört man leisen Gesang und Harmonikaspiel. Siehst du, Mädel – es muss doch auch einer da sein, der gut ist ... Wir sollen Erbarmen haben mit den Menschen! Christus, siehst du – der hatte Erbarmen mit allen und hat's auch uns

Клещ (до этой поры неподвижный и безучастный — вдруг вскакивает). Всем? Врешь! Не всем! Кабы — всем... пускай! Тогда — не обидно... да!

Бубнов. Что тебя — черт боднул? Ишь ты... взвыл как!

Клещ снова ложится на свое место и ворчит.

Барон. А... надо мне к Настёнке мириться идти... не помиришься — на выпивку не даст...

Бубнов. Мм... Любят врать люди... Ну, Настька... дело понятное! Она привыкла рожу себе подкрашивать... вот и душу хочет подкрасить... румянец на душу наводит... А... другие — зачем? Вот — Лука, примерно... много он врет... и без всякой пользы для себя... Старик уж... Зачем бы ему?

Барон (усмехаясь, отходит). У всех людей — души серенькие... все подрумяниться желают...

Лука (выходит из-за угла). Ты, барин, зачем девку тревожишь? Ты бы не мешал ей... пускай плачет-забавляется... Она ведь для своего удовольствия слезы льет... чем тебе это вредно?

Барон. Глупо, старик! Надоела она... Сегодня — Рауль, завтра — Гастон... а всегда одно и то же! Впрочем — я иду мириться с ней... (Уходит.)

Лука. Поди-ка, вот... приласкай! Человека приласкать — никогда не вредно...

Наташа. Добрый ты, дедушка... Отчего ты — такой добрый?

Лука. Добрый, говоришь? Ну... и ладно, коли так... да!

За красной стеной тихо звучит гармоника и песня.

Надо, девушка, кому-нибудь и добрым быть... жалеть людей надо! Христос-от всех жалел и нам так велел... Я те скажу — вовремя человека пожалеть... хорошо бывает!

so befohlen ... Zur rechten Zeit Erbarmen haben – glaub mir's, es ist immer gut! Da war ich zum Beispiel mal als Wächter in einem Landhaus angestellt, bei einem Ingenieur, nicht weit von der Stadt Tomsk in Sibirien ... Na, schön! Mitten im Walde stand das Landhaus, eine ganz einsame Gegend ... und Winter war's, und ich war ganz allein in dem Landhaus ... Schön war's dort – ganz prächtig! Und einmal ... hör ich, wie sie näher schleichen!

Natascha: Diebe?

Luka: J. Sie schleichen also näher, und ich nehme meine Büchse und trete ins Freie ... Ich sehe: Es sind zwei Mann ... eben steigen sie in ein Fenster ein und sind so eifrig bei der Sache, dass sie mich gar nicht sehen. Ich schrei auf sie los: Heda! ... Macht, dass ihr fortkommt ... Und sie stürzen, denkt euch, auf mich mit 'nem Beil los ... Ich warne sie – Halt! Ruf ich, sonst geb ich Feuer! ... Und dabei leg ich bald auf den einen, bald auf den andern an. Sie fallen auf die Knie, das sollte heißen: Verschone uns! Na, ich war mächtig tückisch ... wegen des Beils, weißt du! Ihr Waldteufel, sag ich, ich hab euch fortjagen wollen – und ihr seid nicht gegangen! ... Und jetzt, sag ich, mag mal einer von euch im Busch drüben Ruten holen! Sie tun's. Und nun befehl ich: Einer von euch lege sich hin und der andre – mag ihn prügeln! Und so haben sie, auf mein Geheiß, sich gegenseitig durchgeprügelt. Und wie sie jeder ihre Tracht Prügel weg haben, da sagen sie zu mir: Großväterchen, sagen sie, gib uns ein Stück Brot, um Christi Willen! Nicht 'nen Bissen haben wir im Leibe. Das waren nun die Diebe, meine Tochter ... lacht ... die mit 'nem Beil auf mich losgegangen waren! Ja ... ein paar prächtige Jungen waren's ... Ich sage zu ihnen: Ihr Waldteufel, hättet doch gleich um Brot bitten sollen! Da meinten sie: 's war uns schon über ... man bittet, bittet und kein Mensch gibt was ... Da geht einem die Geduld aus! Na, und so blieben sie also bei mir, den ganzen Winter. Der eine – Stepan hieß er – nimmt gern mal die Büchse und geht in de Wald. Und der andre, Jakow mit Namen, war immer krank, hustete immer ... Zu dreien, heißt das, bewachten wir so das Landhaus. Und wie der Frühling kam – da sagten sie: Leb wohl, Großväterchen! Und machten sich auf ... nach Russland ...

Natascha: Es waren wohl Sträflinge, die fortgelaufen waren?

Вот, примерно, служил я сторожем на даче... у инженера одного под Томском городом... Ну, ладно! В лесу дача стояла, место — глухое... а зима была, и — один я, на даче-то... Славно — хорошо! Только раз — слышу — лезут!

Наташа. Воры?

Лука. Они. Лезут, значит, да!.. Взял я ружьишко, вышел... Гляжу — двое... открывают окно — и так занялись делом, что меня и не видят. Я им кричу: ах вы!.. пошли прочь!.. А они, значит, на меня с топором... Я их упреждаю — отстаньте, мол! А то сейчас — стрелю!.. Да ружьишко-то то на одного, то на другого и навожу. Они — на коленки пали: дескать, — пусти! Ну, а я уж того... осердился... за топор-то, знаешь! Говорю — я вас, лешие, прогонял, не шли... а теперь, говорю, ломай ветки один который-нибудь! Наломали они. Теперь, приказываю, один — ложись, а другой пори его! Так они, по моему приказу, и выпороли дружка дружку. А как выпоролись они... и говорят мне — дедушка, говорят, дай хлебца Христа ради! Идем, говорят, не жрамши. Вот те и воры, милая (смеется)... вот те и с топором! Да... Хорошие мужики оба... Я говорю им: вы бы, лешие, прямо бы хлеба просили. А они — надоело, говорят... просишь-просишь, а никто не дает... обидно!.. Так они у меня всю зиму и жили. Один, — Степаном звать, — возьмет бывало, ружьишко и закатится в лес... А другой — Яков был, все хворал, кашлял все... Втроем, значит, мы дачу-то и стерегли. Пришла весна — прощай, говорят, дедушка! И ушли... в Россию побрели...

Наташа. Они — беглые? Каторжане?

Luka: Ja, das waren sie ... Flüchtlinge ... hatten ihren Ansiedelungsort verlassen ... ein paar prächtige Jungen ... Hätt ich kein Erbarmen mit ihnen gehabt – wer weiß, wie's gekommen wäre! Vielleicht hätten sie mich erschlagen ... Dann wären sie vor Gericht gekommen und ins Gefängnis und nach Sibirien zurück ... wozu das? Das Gefängnis lehrt dich nichts Gutes, und auch Sibirien lehrt dich's nicht ... Aber ein Mensch – der kann dich das Gut lehren ... sehr einfach! Pause.

Bubnow: Hm–ja! ... Und ich ... kann nicht mal lügen! Warum sollt ich's tun? Immer raus mit der Wahrheit, das ist meine Meinung, ob sie euch gefällt oder nicht! Wozu sich genieren?

Kleschtsch springt jäh empor, als wenn ihn etwas gestochen hätte; schreiend: Was für eine Wahrheit? Wo ist die Wahrheit? Klopft mit den Händen auf seine zerfetzten Kleider. Da ist die Wahrheit – da! Keine Arbeit ... keine Kraft in en Gliedern – das ist die Wahrheit! Keinen Winkel, in dem man zu Hause ist! Krepieren muss man ... das ist sie, deine Wahrheit! Teufel noch eins! Was ... was soll sie mir, diese – Wahrheit?! Lass mich nur einmal frei aufatmen ... aufatmen lass mich! Was hab ich denn verbrochen? ... Wozu die Wahrheit, zum Teufel? Ich kann nicht leben ... nicht leben ... das ist die Wahrheit!

Bubnow: Hört mal ... den hat's aber gepackt ...

Luka: Herr Jesus ... sag doch, mein Lieber, du ...

Kleschtsch zitternd vor Erregung: Ihr sagt nur immer – die Wahrheit! Du, Alter – du tröstest alle ... Und ich sage dir: Ich hasse alle! Und auch diese Wahrheit, diese verdammte ... verflucht soll sie sein! Hast verstanden? Merk dir's! Verflucht soll sie sein! Geht eilends um die Ecke, während er dabei zurückschaut.

Luka: Ei, ei, ei! Ist der aber außer sich geraten ... Und wo ist er denn hingerannt?

Natascha: Wie ein Verrückter tobt er davon ...

Bubnow: Der hat ordentlich losgelegt! Wie im Theater ... 's kommt öfter vor, so was ... Hat sich noch nicht gewöhnt ans Leben ...

Лука. Действительно — так, — беглые... с поселенья ушли... Хорошие мужики!.. Не пожалей я их — они бы, может, убили меня... али еще что... А потом — суд, да тюрьма, да Сибирь... что толку? Тюрьма — добру не научит, и Сибирь не научит... а человек — научит... да! Человек — может добру научить... очень просто!

Пауза.

Бубнов. Мм-да!.. А я вот... не умею врать! Зачем? По-моему — вали всю правду, как она есть! Чего стесняться?

Клещ (вдруг снова вскакивает, как обожженный, и кричит). Какая — правда? Где — правда? (Треплет руками лохмотья на себе.) Вот — правда! Работы нет... силы нет! Вот — правда! Пристанища... пристанища нету! Издыхать надо... вот она, правда! Дьявол! На... на что мне она — правда? Дай вздохнуть... вздохнуть дай! Чем я виноват?.. За что мне — правду? Жить — дьявол — жить нельзя... вот она — правда!..

Бубнов. Вот так... забрало!..

Лука. Господи Исусе... слышь-ка, милый! Ты...

Клещ (дрожит от возбуждения). Говорите тут — пра-авда! Ты, старик, утешаешь всех... Я тебе скажу... ненавижу я всех! И эту правду... будь она, окаянная, проклята! Понял? Пойми! Будь она — проклята! (Бежит за угол, оглядываясь.)

Лука. Ай-яй-ай! Как встревожился человек... И куда побежал?

Наташа. Все равно как рехнулся...

Бубнов. Здорово пущено! Как в театре разыграл... Бывает это, частенько... Не привык еще к жизни-то...

Pepel kommt langsam hinter der Ecke vor: Guten Abend allerseits! Na, Luka, alter Luchs – erzählst wieder mal Geschichten?

Luka: Hättest hören sollen, wie hier ein Mensch geschrien hat!

Pepel: Der Kleschtsch, meinst du, hm? Was ist denn mit ihm los? Rennt an mir vorbei, als wenn er verbrüht wäre ...

Luka: Wirst auch davonrennen, wenn's dir mal so ... ans Herz geht ...

Pepel setzt sich: Ich kann den Menschen nicht leiden ... zu bös ist er mir und zu eingebildet. Ahmt Kleschtsch nach. »Ich bin ein Mensch, der arbeitet ...« Als ob die andern weniger wären als er ... Arbeite doch, wenn's dir Vergnügen macht ... was brauchst du da groß stolz zu sein? Wenn man die Menschen nach der Arbeit schätzen sollte ... dann wär ja ein Pferd besser als jeder Mensch ... das zieht den Wagen – und hält's Maul dazu! Natascha ... sind deine Leute zu Hause?

Natascha: Sie sind auf den Friedhof gegangen ... dann wollten sie zur Abendmesse gehen ...

Pepel: Hast also mal 'ne freie Stunde ... Das kommt selten vor!

Luka nachdenklich zu Bubnow: Du sagst – die Wahrheit ... Die Wahrheit ist aber nicht immer gut für den Menschen ... nicht immer heilst du die Seele mit der Wahrheit ... Zum Beispiel folgender Fall: Ich kannte einen Menschen, der glaubte an das Land der Gerechten.

Bubnow: An wa-s?

Luka: An das Land der Gerechten. Es muss, sagte er, auf der Welt ein Land der Gerechten geben ... in dem Lande wohnen sozusagen Menschen von besonderer Art ... gute Menschen, die einander achten, die sich gegenseitig helfen, wo sie können ... alles ist bei ihnen gut und schön! Dieses Land der Gerechten also wollte jener Mensch immer suchen gehen ... Er war arm, und es ging ihm schlecht ...und wie's ihm schon gar zu schwer fiel, dass ihm nichts weiter übrig blieb, als sich hinzulegen und zu sterben – da verlor er noch immer nicht den Mut, sondern lächelte öfters vor sich hin und meinte: Hat nichts zu sagen – ich trag's! Noch ein Weilchen wart ich – dann werf ich dieses Leben ganz von mir und geh in das Land der

Пепел (медленно выходит из-за угла). Мир честной компании! Что, Лука, старец лукавый, всё истории рассказываешь?

Лука. Видел бы ты... как тут человек кричал!

Пепел. Это Клещ, что ли? Чего он? Бежит как ошпаренный...

Лука. Побежишь, если этак... к сердцу подступит...

Пепел (садится). Не люблю его... больно он зол да горд. (Передразнивая Клеща.) «Я — рабочий человек». И — все его ниже будто... Работай, коли нравится... чем же гордиться тут? Ежели людей по работе ценить... тогда лошадь лучше всякого человека... возит и — молчит! Наташа! Твои дома?

Наташа. На кладбище ушли... потом — ко всенощной хотели...

Пепел. То-то, я гляжу, свободна ты... редкость!

Лука (задумчиво, Бубнову). Вот... ты говоришь — правда... Она, правда-то, — не всегда по недугу человеку... не всегда правдой душу вылечишь... Был, примерно, такой случай; знал я одного человека, который в праведную землю верил...

Бубнов. Во что-о?

Лука. В праведную землю. Должна, говорил, быть на свете праведная земля... в той, дескать, земле — особые люди населяют... хорошие люди! друг дружку они уважают, друг дружке — завсяко-просто — помогают... и все у них славно-хорошо! И вот человек все собирался идти... праведную эту землю искать. Был он — бедный, жил — плохо... и, когда приходилось ему так уж трудно, что хоть ложись да помирай, — духа он не терял, а все, бывало, усмехался только да высказывал: «Ничего! потерплю! Еще несколько — пожду... а потом — брошу всю эту жизнь и — уйду в праведную землю...»

Gerechten ... Seine einzige Freude war es – dieses Land der Gerechten ...

Pepel: Na, und ...? Ist er hingegangen?

Bubnow: Wohin? Ha ha ha!

Luka: Nun wurde nach eben jenem Ort – die Sache ist nämlich in Sibirien passiert – ein Verbannter gebracht, ein gelehrter Mensch ... mit Büchern und mit Plänen und mit allerhand Künsten ... Und jener Mensch spricht zu dem Gelehrten: Sag mir doch gefälligst, wo liegt das Land der Gerechten, und wie kann man dahin gelangen? Da schlägt nun der Gelehrte gleich seine Bücher auf und breitet seine Pläne aus ... und guckt und guckt – aber das Land der Gerechten findet er nirgends! Alles ist sonst richtig, alle Länder sind aufgezeichnet – nur das Land der Gerechten nicht!

Pepel leise: Nanu? War's wirklich nicht drauf? Bubnow lacht laut auf.

Natascha: Was lachst du denn? Sprich weiter, Großväterchen!

Luka: Der Mensch – will ihm nicht glauben ... Es muss drauf sein, sagt er ... such nur genauer! Sonst sind ja, sagt er, alle deine Bücher und Pläne nicht 'nen Pfifferling wert, wenn das Land der Gerechten nicht drin verzeichnet ist ... Mein Gelehrter ist beleidigt. Meine Pläne, sagt er, sind ganz richtig, und ein Land der Gerechten gibt's überhaupt nirgends. – Na, da wurde nun der andere ganz wütend. Was? Sagt er, da habe ich nun gelebt und gelebt, geduldet und geduldet und immer geglaubt, es gebe solch ein Land! Und nach deinen Plänen gibt es keins! Das ist Raub ... und zu dem Gelehrten sagt er: Du nichtsnutziger Kerl! Ein Schuft bist du und kein Gelehrter! Und gab ihm eins übern Schädel, und noch eins ... Schweigt ein Weilchen. Und dann ging er nach Hause ... und hängte sich auf ... Alle schweigen. Luka blickt stumm auf Pepel und Natascha.

Pepel leise: Hol's der Teufel ... die Geschichte ist nicht lustig ...

Natascha: Er konnt's nicht ertragen ... so enttäuscht zu werden ...

Bubnow mürrisch: Alles Märchen ...

Одна у него радость была — земля эта...

Пепел. Ну? Пошел?

Бубнов. Куда? Хо-хо!

Лука. И вот в это место — в Сибири дело-то было — прислали ссыльного, ученого... с книгами, с планами он, ученый-то, и со всякими штуками... Человек и говорит ученому: «Покажи ты мне, сделай милость, где лежит праведная земля и как туда дорога?» Сейчас это ученый книги раскрыл, планы разложил... глядел-глядел — нет нигде праведной земли! Всё верно, все земли показаны, а праведной — нет!..

Пепел (негромко). Ну? Нету?

Бубнов хохочет.

Наташа. Погоди ты... ну, дедушка?

Лука. Человек — не верит... Должна, говорит, быть... ищи лучше! А то, говорит, книги и планы твои — ни к чему, если праведной земли нет... Ученый — в обиду. Мои, говорит, планы самые верные, а праведной земли вовсе нигде нет. Ну, тут и человек рассердился — как так? Жил-жил, терпел-терпел и все верил — есть! а по планам выходит — нету! Грабеж!.. И говорит он ученому: «Ах ты... сволочь эдакой! Подлец ты, а не ученый...» Да в ухо ему — раз! Да еще!.. (Помолчав.) А после того пошел домой — и удавился!..

Все молчат, Лука, улыбаясь, смотрит на Пепла и Наташу.

Пепел (негромко). Ч-черт те возьми... история — невеселая...

Наташа. Не стерпел обмана...

Бубнов (угрюмо). Всё — сказки...

Pepel: Hm – ja ... da hatte er das Land der Gerechten ... es war nicht zu finden, scheint's ...

Natascha: Er kann einem leid tun ... Der arme Mensch ...

Bubnow: Ist ja alles nur ausgedacht ... He he! Das Land der Gerechten – wie will er denn dahin kommen? He he he! Verschwindet vom Fenster.

Luka nickt nach Bubnows Fenster hin: Da lacht er nun! Ach ja! Pause. Na, Kinder ... gehabt euch wohl! Ich verlass euch bald ...

Pepel: Wohin geht denn die Reise?

Luka: Nach Kleinrussland ... da soll ein neuer Glaube aufgekommen sein, hör ich ... will mal sehen, was dran ist ... ja! Die Menschen suchen und suchen, wollen immer was Besseres finden ... Gott geb ihnen nur Geduld!

Pepel: Was meinst du ... werden sie's finden?

Luka: Wer? Die Menschen? Gewiss werden sie's finden! Wer den rechten Willen hat – der findet ... Wer eifrig sucht – der findet!

Natascha: Wenn sie doch was finden möchten! ... Etwas recht Schönes müssten sie ausfindig machen ...

Luka: Das werden sie schon! Man muss ihnen nur helfen, meine Tochter ... muss sie respektieren ...

Natascha: Wie soll ich ihnen helfen? Ich bin selbst ... so hilflos ...

Pepel in entschlossenem Ton: Hör mal, Natascha ... ich möchte mit dir reden ... In seinem Beisein ... er weiß alles ... Komm ... mit mir!

Natascha: Wohin? Ins Gefängnis?

Pepel: Ich hab dir schon gesagt, dass ich aufhören will mit dem Stehlen! Bei Gott – ich lass es! Wenn ich's gesagt habe, halt ich Wort! Ich hab Lesen und Schreiben gelernt ... kann mich redlich ernähren ... Mit einer Kopfbewegung nach Luka: Er hat mir geraten – ich sollt's in Sibirien versuchen ... freiwillig sollt ich hingehen ... Was meinst du – wollen wir hin? Glaub mir, ich habe mein Leben

Пепел. Н-да... вот те и праведная земля... не оказалось, значит...

Наташа. Жалко... человека-то...

Бубнов. Всё — выдумки... тоже! Хо-хо! Праведная земля! Туда же! Хо-хо-хо! (Исчезает из окна.)

Лука (кивая головой на окно Бубнова). Смеется! Эхе-хе...

Пауза.

Ну, ребята!.. живите богато! Уйду скоро от вас...

Пепел. Куда теперь?

Лука. В хохлы... Слыхал я — открыли там новую веру... поглядеть надо... да!.. Всё ищут люди, всё хотят — как лучше... дай им, господи, терпенья!

Пепел. Как думаешь... найдут?

Лука. Люди-то? Они — найдут! Кто ищет — найдет... Кто крепко хочет — найдет!

Наташа. Кабы нашли что-нибудь... придумали бы получше что...

Лука. Они — придумают! Помогать только надо им, девонька... уважать надо...

Наташа. Как я помогу? Я сама... без помощи...

Пепел (решительно). Опять я... снова я буду говорить с тобой... Наташа... Вот — при нем... он — все знает... Иди... со мной!

Наташа. Куда? По тюрьмам?

Пепел. Я сказал — брошу воровство! Ей-богу — брошу! Коли сказал — сделаю! Я — грамотный... буду работать... Вот он говорит — в Сибирь-то по своей воле надо идти... Едем туда, ну?.. Ты думаешь — моя жизнь не претит мне? Эх, Наташа! Я знаю... вижу!.. Я утешаю себя тем, что другие побольше моего воруют, да в чести живут... только это мне не

längst satt! Ach, Natascha! Ich seh doch, wie die Dinge liegen ... Ich such mich damit zu trösten, dass andere noch mehr stehlen als ich – und dabei in Ehren leben ... Aber was hilft mir das? Gar nichts? Reue verspür ich nicht ... glaub auch an kein Gewissen ... Eins aber fühl ich: ich muss anders leben! Besser muss ich leben! So muss ich leben ... dass ich mich selber achten kann ...

Luka: Ganz recht, mein Lieber! Der Herr sei mit dir ... Christus mag dir helfen! Ganz richtig sagst du: Der Mensch muss sich selber achten ...

Pepel: Ich war schon von klein auf nur – der Dieb ... Immer hieß es: Wasjka der Dieb, Wasjka, der Spitzbubenjunge! Gut, mir kann's recht sein; weil ihr's so wolltet, bin ich ein Dieb geworden ... Nur ihnen zum Possen bin ich's vielleicht geworden ... weil nie jemand darauf kam, mich anders zu nennen als ... Dieb! ... Nenn du mich anders, Natascha ... nun?

Natascha schwermütig: Ich trau nicht recht ... Worte sind Worte ... Und dann ... ich weiß nicht ... ich bin heut so unruhig ... so bange ist mir ums Herz ... als ob ich etwas erwartete! Hättest heut nicht davon anfangen sollen, Wassilij ...

Pepel: Wann denn sonst? Ich sage dir's nicht zum ersten Mal ...

Natascha: Wie soll ich denn mit dir gehen? Ich liebe dich ja ... nicht so ... Manchmal gefällst du mir wohl ... aber 's kommt auch vor, dass es mir zuwider ist, dich nur anzusehen. Jedenfalls – lieb ich dich nicht ... Wenn man liebt, sieht man keine Fehler am Geliebten ... und ich seh doch welche an dir ...

Pepel: Wirst mich schon liebgewinnen, hab keine Angst! Wirst dich an mich gewöhnen ... sag nur erst »ja!« Länger als ein Jahr hab ich dir zugeschaut, und ich sehe, du bist ein braves Mädchen, ... ein guter, treuer Mensch ... von Herzen hab ich dich liebgewonnen! Wassilissa, noch im Ausgehkleide, erscheint am oberen Fenster; sie drückt sich gegen den Pfosten und lauscht.

Natascha: So ... mich hast du liebgewonnen, und meine Schwester ...

помогает! Это... не то! Я — не каюсь... в совесть я не верю... Но — я одно чувствую: надо жить... иначе! Лучше надо жить! Надо так жить... чтобы самому себя можно мне было уважать...

Лука. Верно, милый! Дай тебе господи... помоги тебе Христос! Верно: человек должен уважать себя...

Пепел. Я — сызмалетства — вор... все, всегда говорили мне: вор Васька, воров сын Васька! Ага? Так? Ну — нате! Вот — я вор!.. Ты пойми: я, может быть, со зла вор-то... оттого я вор, что другим именем никто, никогда не догадался назвать меня... Назови ты... Наташа, ну?

Наташа (грустно). Не верю я как-то... никаким словам... И беспокойно мне сегодня... сердце щемит... будто жду я чего-то. Напрасно ты, Василий, разговор этот сегодня завел...

Пепел. Когда же? Я не первый раз говорю...

Наташа. И что же я с тобой пойду? Ведь... любить тебя... не очень я люблю... Иной раз — нравишься ты мне... а когда — глядеть на тебя тошно... Видно — не люблю я тебя... когда любят — плохого в любимом не видят... а я — вижу...

Пепел. Полюбишь — не бойся! Я тебя приучу к себе... ты только согласись! Больше года я смотрел на тебя... вижу, ты девица строгая... хорошая... надежный человек... очень полюбил тебя!..

Василиса, нарядная, является в окне и, стоя у косяка, слушает.

Наташа. Так. Меня — полюбил, а сестру мою...

Pepel verlegen: Was ich mich aus der mache! Die Sorte ist nicht weit her ...

Luka: Hat nichts zu sagen, meine Tochter! Man isst auch mal Gartenmelde ... wenn man nämlich kein Brot hat ...

Pepel düster: Hab Erbarmen mit mir! 's ist kein leichtes Leben, das ich führe – so freudlos, gehetzt wie ein Wolf ... Wenn ich im Moor versänke ... wonach ich fasse, alles verfault ... nichts gibt mir Halt ... Deine Schwester, dacht ich, würde anders sein ... wäre sie nicht so geldgierig – ich hätte um sie ... alles gewagt! Wenn sie nur zu mir gehalten hätte – ganz und gar zu mir ... Na, ihr Herz steht eben nach anderem ... ihr ist's ums Geld zu tun ... und um die Freiheit ... und nach Freiheit begehrt sie nur, um liederlich sein zu können. Die kann mir nicht helfen ... Du aber – bist wie eine junge Tanne: Du stichst wohl, aber du gibt's Halt ...

Luka: Und ich sage dir: Nimm ihn, meine Tochter, nimm ihn! Er ist 'n herzensguter Junge! Musst ihn nur öfter daran erinnern, dass er gut ist ... damit er's nicht vergisst, heißt das! Er wird dir's schon glauben! ... Sag ihm nur immer: »Wassja«, sag, »du bist ein guter Mensch ... vergiss das nicht!« Überleg doch mal, meine Liebe – was sollst du sonst anfangen? Deine Schwester – die ist ein böses Tier; von ihrem Manne lässt sich auch nicht Gutes sagen: keine Worte gibt's, seine Schlechtigkeit zu benennen ... und dieses ganze Leben hier ... wo findest du 'nen Weg ... hier heraus? Der Wasja aber ... ist ein kräftiger Bursche ...

Natascha: Einen Weg find ich nicht ... das weiß ich ... hab's schon selbst überlegt ... Aber ich ... trau halt keinem ... Ich seh keinen Weg hier heraus ...

Pepel: Einen Weg gibt's wohl ... aber den lass ich dich nicht gehen ... Eher schlag ich dich tot ...

Natascha lächelnd: Sieh doch ... ich bin noch nicht mal deine Frau, und schon willst du mich totschlagen!

Pepel legt seinen Arm um sie: Sag »ja«, Natascha, 's wird schon werden ...

Пепел (смущенно). Ну, что она? Мало ли... эдаких-то...

Лука. Ты... ничего, девушка! Хлеба нету, — лебеду едят... если хлебушка-то нету...

Пепел (угрюмо). Ты... пожалей меня! Несладко живу... волчья жизнь — мало радует... Как в трясине тону... за что ни схватишься... все — гнилое... все — не держит... Сестра твоя... я думал, она... не то... Ежели бы она... не жадная до денег была — я бы ее ради... на все пошел!.. Лишь бы она — вся моя была... Ну, ей другого надо... ей — денег надо... и воли надо... а воля ей — чтобы развратничать. Она — помочь мне не может... А ты — как молодая елочка — и колешься, а сдержишь...

Лука. И я скажу — иди за него, девонька, иди! Он — парень ничего, хороший! Ты только почаще напоминай ему, что он хороший парень, чтобы он, значит, не забывал про это! Он! тебе — поверит... Ты только поговаривай ему: «Вася, мол, ты — хороший человек... не забывай!» Ты подумай, милая, куда тебе идти окроме-то? Сестра у тебя — зверь злой... про мужа про ее — и сказать нечего: хуже всяких слов старик... и вся эта здешняя жизнь... куда тебе идти? А парень — крепкий...

Наташа. Идти некуда... я знаю... думала... Только вот... не верю я никому... А идти мне — некуда...

Пепел. Одна дорога... ну, на эту дорогу я не допущу... Лучше убью...

Наташа (улыбаясь). Вот... еще не жена я тебе, а уж хочешь убить.

Пепел (обнимает ее). Брось, Наташа! Все равно!..

Natascha schmiegt sich an ihn an: Na ... eins will ich dir sagen, Wassilij ... und Gott soll mein Zeuge sein: Sowie du mich ein einziges Mal schlägst ... oder sonst wie beleidigst ... dann ist mir alles eins ... entweder häng ich mich auf, oder ...

Pepel: Die Hand soll mir verdorren, wenn ich dich nur anrühre ...

Luka: Hat nichts zu sagen, meine Liebe, kannst ihm glauben! Du bist ihm nötiger, als er dir ...

Wassilissa aus dem Fenster: Nun seid ihr also verlobt! Gott gebe euch Eintracht und Liebe!

Natascha: Sie sind schon zurück ... o Gott! Sie haben uns gesehen ... ach, Wassilij!

Pepel: Was ängstigst du dich? Jetzt darf dich niemand mehr anrühren!

Wassilissa: Fürcht dich nicht, Natalja! Der wird dich nicht schlagen ... Er kann weder schlagen noch lieben ... ich kenn ihn!

Luka leise: Ach, so 'n Weib ... die richtige Giftschlange ...

Wassilissa: Er ist nur mit Worten kühn ...

Kostylew tritt auf: Nataschka! Was machst du hier, du Bettelding? Klatschst hier, was? Klagst über deine Verwandten? Und dabei ist der Samowar nicht in Ordnung und der Tisch nicht abgeräumt?

Natascha im Abgehen: Ihr wolltet doch in die Kirche gehen ...

Kostylew: Was wir wollten, geht dich nichts an! Kümmre dich um deine Geschäfte ... tu, was man dich heißt!

Pepel: Kusch dich, du! Sie ist nicht mehr deine Magd ... Natalja, geh nicht ... nicht 'nen Finger rühre!

Natascha: Du kommandiere hier nicht rum ... es hat noch Zeit damit! Ab.

Pepel zu Kostylew: Das hört jetzt auf! Habt dem armen Mädel genug zugesetzt! Jetzt gehört sie mir.

Наташа (прижимаясь к нему). Ну... одно я тебе скажу, Василий... вот как перед богом говорю! — как только ты меня первый раз ударишь... или иначе обидишь... я — себя не пожалею... или сама удавлюсь, или...

Пепел. Пускай у меня рука отсохнет, коли я тебя трону!..

Лука. Ничего, не сумневайся, милая! Ты ему нужнее; чем он — тебе...

Василиса (из окна). Вот и сосватались! Совет да любовь!

Наташа. Пришли!.. ох, господи! Видели... эх, Василий!

Пепел. Чего ты испугалась? Теперь никто не смеет тронуть тебя!

Василиса. Не бойся, Наталья! Он тебя бить не станет... Он ни бить, ни любить не может... я знаю!

Лука (негромко). Ах, баба... гадюка ядовитая...

Василиса. Он больше на словах удал...

Костылев (выходит). Наташка! Ты что тут делаешь, дармоедка? Сплетни плетешь? На родных жалуешься? А самовар не готов? На стол не собрано?

Наташа (уходя). Да ведь вы в церковь идти хотели...

Костылев. Не твое дело, чего мы хотели! Ты должна свое дело делать... что тебе приказано!

Пепел. Цыц, ты! Она тебе больше не слуга... Наталья, не ходи... не делай ничего!..

Наташа. Ты — не командуй... рано еще! (Уходит.)

Пепел (Костылеву). Будет вам! Поиздевались над человеком... достаточно! Теперь она — моя!

Kostylew: De-eine? Wann hast du sie gekauft? Was hast du gegeben? Wassilissa lacht laut auf.

Luka: Wasja! Geh fort ...

Pepel: Macht euch nur lustig über mich! Dass ihr nicht noch Tränen vergießt!

Wassilissa: Was du sagst! Vor dir hab ich große Angst!

Luka: Geh fort, Wassilij! Merkst du nicht, wie sie dich aufhetzt ... dich stachelt – verstehst du nicht?

Pepel: Aha ... so! Zu Wassilissa. Gib dir keine Mühe! Was du willst, geschieht nicht!

Wassilissa: Und was ich nicht will, geschieht auch nicht, Wasja!

Pepel droht ihr mit der Faust: Das werden wir sehen! Ab.

Wassilissa vom Fenster verschwindend: Dir will ich 'ne schöne Hochzeit ausrichten!

Kostylew tritt an Luka heran: Na, was treibst du, Alter?

Luka: Nichts treib ich, Alter! ...

Kostylew: So ... du gehst fort, hör ich?

Luka: 's ist Zeit ...

Kostylew: Wohin denn?

Luka: Wohin mich die Augen führen ...

Kostylew: Willst wohl 'n bisschen die Dörfer unsicher machen ... Scheinst kein rechtes Sitzfleisch zu haben ...

Luka: Rastet das Eisen, so rostet es, so sagt das Sprichwort.

Kostylew: Vom Eisen mag das gelten. Ein Mensch aber muss festsitzen an einer Stelle ... Es geht nicht, dass die Menschen wie Küchenschaben durcheinanderlaufen ... bald dahin, bald dorthin ... Ein Mensch muss seinen Ort haben, an dem er zu Hause ist ... er darf nicht zwecklos herumkriechen auf der Erde ...

Luka: Und wenn einer – überall zu Hause ist?

Костылев. Тво-оя? Когда купил? Сколько дал?

Василиса хохочет.

Лука. Вася! Ты — уйди...

Пепел. Глядите вы... веселые! Не заплакать бы вам!

Василиса. Ой, страшно! Ой, боюсь!

Лука. Василий — уйди! Видишь — подстрекает она тебя... подзадоривает — понимаешь?

Пепел. Да... ага! Врет... врешь! Не быть тому, чего тебе хочется!

Василиса. И того не будет, чего я не захочу, Вася!

Пепел (грозит ей кулаком). Поглядим!.. (Уходит.)

Василиса (исчезая из окна). Устрою я тебе свадебку!

Костылев (подходит к Луке). Что, старичок?

Лука. Ничего, старичок!..

Костылев. Так... Уходишь, говорят?

Лука. Пора...

Костылев. Куда?

Лука. Куда глаза поведут...

Костылев. Бродяжить, значит... Неудобство, видно, имеешь на одном-то месте жить?

Лука. Под лежач камень — сказано — и вода не течет...

Костылев. То — камень. А человек должен на одном месте жить... Нельзя, чтобы люди вроде тараканов жили... Куда кто хочет — туда и ползет... Человек должен определять себя к месту... а не путаться зря на земле...

Лука. А если которому — везде место?

Kostylew: Dann ist er eben – ein Landstreicher ... ein unnützer Mensch ... Ein Mensch muss sich nützlich machen ... muss arbeiten ...

Luka: Was du sagst!

Kostylew: Jawohl! Was denn sonst? ... Du nennst dich 'nen Wanderer, 'nen Pilger ... Was heißt ein Pilger? Ein Pilger ist 'n Mensch, der seinen eigenen Weg geht – sich absondert, ein Sonderling sozusagen, den andern nicht ähnlich ... Das heißt eben – wenn 's ein wirklicher Pilger ist ... Er forscht und grübelt ... und findet am Ende auch etwas ... vielleicht gar die Wahrheit, wer weiß! Mag er seine Wahrheit für sich behalten und – schweigen! Ist er ein wirklicher Pilger – dann schweigt er. Oder er spricht so, dass ihn keiner versteht ... Er hat keine Wünsche, mischt sich in nichts ein, verdreht den Leuten nicht die Köpfe ... Wie die andern leben – das kümmert ihn gar nichts. Er lebe fromm und gerecht ... suche die Wälder auf, die Einöden ... wo ihn niemand sieht. Keinem soll er im Wege sein, niemanden verdammen ... sondern für alle beten ... für alle Sünder dieser Welt ... für mich, für dich ... für alle! Darum eben flieht er die Eitelkeiten des Lebens – dass er bete. So ist 's ... Pause. Und du? Was bist du für ein Pilger? ... Nicht mal 'nen Pass hast du ... Jeder ordentliche Mensch muss einen Pass haben ... alle ordentlichen Leute haben Pässe ... ja! ...

Luka: Es gibt eben – Leute, und es gibt – Menschen ...

Kostylew: Mach keine Späßchen! Gib keine Rätsel auf ... ich bin nicht dein Hansnarr ... Was heißt das: Leute – und Menschen?

Luka: Wo ist da ein Rätsel? Ich meine – es gibt steinigen Boden, der zur Aussaat nicht taugt ... und es gibt fruchtbaren Boden ... was man auch darauf sät – das gedeiht ... So ist's ...

Kostylew: Nun? Was willst du damit sagen?

Luka: Du zum Beispiel ... Wenn der Herrgott selbst zu dir sagte: Michailo! Sei ein Mensch! ... es wär umsonst, es würde gar nichts nützen ... Wie du bist, so bleibst du nun schon mal ...

Костылев. Стало быть, он — бродяга... бесполезный человек... Нужно, чтоб от человека польза была... чтобы он работал...

Лука. Ишь ты!

Костылев. Да. А как же?.. Что такое... странник? Странный человек... не похожий на других... Ежели он — настояще странен... что-нибудь знает... что-нибудь узнал эдакое... не нужное никому... может, он и правду узнал там... ну, не всякая правда нужна... да! Он — про себя ее храни... и — молчи! Ежели он настояще-то... странен... он — молчит! А то — так говорит, что никому не понятно... И он — ничего не желает, ни во что не мешается, людей зря не мутит... Как люди живут — не его дело... Он должен преследовать праведную жизнь... должен жить в лесах... в трущобах... невидимо! И никому не мешать, никого не осуждать... а за всех — молиться... за все мирские грехи и... за мои, за твои... за все! Он для того и суеты мирской бежит... чтобы молиться. Вот как...

Пауза.

А ты... какой ты странник?.. Пачпорта не имеешь... Хороший человек должен иметь пачпорт... Все хорошие люди пачпорта имеют... да!..

Лука. Есть — люди, а есть — иные — и человеки...

Костылев. Ты... не мудри! Загадок не загадывай... Я тебя не глупее... Что такое — люди и человеки?

Лука. Где тут загадка? Я говорю — есть земля неудобная для посева... и есть урожайная земля... что ни посеешь на ней — родит... Так-то вот...

Костылев. Ну? Это к чему же?

Лука. Вот ты, примерно... Ежели тебе сам господь бог скажет: «Михайло! Будь человеком!..» Все равно — никакого толку не будет... как ты есть — так и останешься...

Kostylew: So ... und weißt du auch, dass der Onkel meiner Frau bei der Polizei ist? Und wenn ich ...

Wassilissa betritt den Platz: Michailo Iwanytsch, komm Tee trinken ...

Kostylew zu Luka: Hör mal, du – mach dich aus dem Staube! Fort aus meinem Hause! ...

Wassilissa: Ja, schnür nur dein Ränzchen, Alter ... Hast eine zu böse Zunge ... Wer weiß ... bist vielleicht ein weggelaufener Sträfling ...

Kostylew: Dass du mir noch heut verduftest! Sonst ... sollst mal sehen ...

Luka: Rufst sonst den Onkel, was? Immer ruf ihn! Sag ihm: »Hier kannst du 'nen Sträfling fangen, Onkel!« Dann kriegt der Onkel 'ne Belohnung ... drei Kopeken ...

Bubnow vom unteren Fenster her: Was habt ihr da für Geschäfte? Wofür – drei Kopeken?

Luka: Mich wollen sie verkaufen ...

Wassilissa zu ihrem Gatten: Komm schon ...

Bubnow: Für drei Kopeken? Sieh dich nur vor, Alter ... die verkaufen dich schon für eine Kopeke ...

Kostylew zu Bubnow: Glotzt da heraus ... wie 'n Kobold aus 'm Ofenloch! Schickt sich mit Wassilissa zum Fortgehen an.

Wassilissa: Wie viel Gesindel es doch auf der Welt gibt ... wie viel Schwindler!

Luka: Wünsch euch guten Appetit! ...

Wassilissa dreht sich nach ihm um: Nimm dich in acht ... du Giftpilz! Ab mit ihrem Gatten um die Ecke.

Luka: Heut Nacht – brech ich auf ...

Bubnow: Machst du recht, 's ist immer das beste, sich beizeiten zu drücken ...

Luka: Ganz richtig ...

Костылев. А... а — ты знаешь? — у жены моей дядя — полицейский? И если я...

Василиса (входит). Михаила Иваныч, иди чай пить.

Костылев (Луке). Ты... вот что: пошел-ка вон! долой с квартиры!..

Василиса. Да, убирайся-ка, старик!.. Больно у тебя язычок длинен... Да и кто знает?.. может, ты беглый какой...

Костылев. Сегодня же чтобы духа твоего не было! А то я... смотри!

Лука. Дядю позовешь? Позови дядю... Беглого, мол, изловил... Награду дядя получить может... копейки три...

Бубнов (в окне). Чем тут торгуют? За что — три копейки?

Лука. Меня вот грозятся продать...

Василиса (мужу). Идем...

Бубнов. За три копейки? Ну, гляди, старик... Они и за копейку продадут...

Костылев (Бубнову). Ты... вытаращился, ровно домовой из-под печки! (Идет с женой.)

Василиса. Сколько на свете темных людей... и жуликов разных!..

Лука. Приятного вам аппетиту!..

Василиса (оборачиваясь). Попридержи язык... гриб поганый! (Уходит с мужем за угол.)

Лука. Сегодня в ночь — уйду...

Бубнов. Это — лучше... Вовремя уйти всегда лучше...

Лука. Верно говоришь...

Bubnow: Ich weiß Bescheid. Hab mich auch mal rechtzeitig gedrückt und bin dadurch um Sibirien rumgekommen ...

Luka: Was du sagst!

Bubnow: 's ist wahr. Die Sache war nämlich so: Meine Frau hatte ein Techtelmechtel mit dem Gesellen ... Ein tüchtiger Geselle war's, das muss ich sagen ... machte aus Hundefellen die schönsten Waschbärpelze ... Katzenfelle färbt er in Kängurus um ... in Bisamratten ... in was man wollte ... Ein sehr geschickter Bursche. Mit dem hatte also meine Frau angebändelt ... und so fest hingen sie aneinander, dass ich jeden Augenblick fürchten musste, sie würden mich vergiften oder sonst wie aus der Welt schaffen. Ich prügelte nun öfters mal meine Frau durch ... und der Geselle prügelte mich durch ... Ganz barbarisch hat er zugeschlagen! Einmal hat er mir den Bart halb ausgerauft und 'ne Rippe gebrochen. Na, ich war natürlich auch nicht fein ... gab meiner Frau eins mit der eisernen Elle übern Schädel ... überhaupt war's der richtige Krieg zwischen uns! Schließlich sah ich: es kommt nichts raus dabei ... sie kriegen mich unter! Da fasste ich den Plan – meine Frau um die Ecke zu bringen ... fest entschlossen war ich dazu! Aber zur rechten Zeit besann ich mich – und machte mich aus dem Staube ...

Luka: 's war besser so! Lass sie dort ruhig aus Hunden Waschbären machen! ...

Bubnow: Leider war die Werkstatt auf ihren Namen eingetragen ... Nur was ich am Leibe trug, behielt ich! Obwohl ich, ehrlich gesagt, die Werkstatt schließlich versoffen hätte ... Ich bin nämlich ein Quartalssäufer, verstehst du ...

Luka: Ein Quartalssäufer?

Bubnow: So ist's. Wenn ich richtig in 'n Zug komme, versauf ich alles, bis auf die blanke Haut ... Und dann bin ich auch faul ... nichts ist mir schrecklicher als arbeiten! ... Satin und der Schauspieler kommen streitend herein.

Satin: Blödsinn! Nirgendshin wirst du gehen ... Alles dummes Zeug, was du da redest! Sag mal, Alter – was hast du diesem Jammerkerl vorgeschwatzt?

Бубнов. Я — знаю! Я, может, от каторги спасся тем, что вовремя ушел.

Лука. Ну?

Бубнов. Правда. Было так: жена у меня с мастером связалась... Мастер, положим, хороший... очень он ловко собак в енотов перекрашивал... кошек тоже — в кенгурий мех... выхухоль... и всяко. Ловкач. Так вот — связалась с ним жена... и так они крепко друг за друга взялись, что — того и гляди — либо отравят меня, либо еще как со света сживут. Я было — жену бить... а мастер — меня... Очень злобно дрался! Раз — половину бороды выдрал у меня и ребро сломал. Ну и я тоже обозлился... однажды жену по башке железным аршином тяпнул... и вообще — большая война началась! Однако вижу — ничего эдак не выйдет... одолевают они меня! И задумал я тут — укокошить жену... крепко задумал. Но вовремя спохватился — ушел...

Лука. Эдак-то лучше! Пускай их там из собак енотов делают!..

Бубнов. Только... мастерская-то на жену была... и остался я — как видишь! Хоть, по правде говоря, пропил бы я мастерскую... Запой у меня, видишь ли...

Лука. Запой? А-а!

Бубнов. Злющий запой! Как начну я заливать — весь пропьюсь, одна кожа остается... И еще — ленив я. Страсть как работать не люблю!..

Сатин и Актер входят, споря.

Сатин. Чепуха! Никуда ты не пойдешь... все это чертовщина! Старик! Чего ты надул в уши этому огарку?

Der Schauspieler: Rede keinen Unsinn! Großvater, sag ihm, dass er Unsinn redet! Ich gehe wirklich! Heut hab ich gearbeitet, hab die Straße gefegt ... und keinen Schnaps getrunken! Was sagst du nun! Was sagst du nun? Da, sieh her – zwei Fünfzehner, und ich bin nüchtern!

Satin: Wie albern! Gib her, ich will sie versaufen ... oder verspielen ...

Der Schauspieler: Lass sein! Das ist schon für die Reise!

Luka zu Satin: Höre, du – warum willst du ihn abbringen von seinem Vorsatz?

Satin: »Sag mal, du Zauberer, Liebling der Götter – was soll mit mir noch mal werden?« Ganz blank bin ich, Bruder – alles hab ich verspielt! Noch ist die Welt nicht verloren, alter – noch gibt es Kartenspieler, die geschickter mogeln als ich ...

Luka: Bist 'n lustiger Bruder, Konstantin ... ein lieber Mensch! ...

Bubnow: Du, Schauspieler – komm mal her! Der Schauspieler tritt an das Fenster heran, kauert sich davor nieder und unterhält sich leise mit Bubnow.

Satin: Wie ich noch jung war – da war ich ein fideles Huhn! Mit Vergnügen denk ich dran zurück! ... Eine Seele von Mensch war ich ... ich tanzte ausgezeichnet, spielte Theater, war ein famoser Gesellschafter ... einfach großartig!

Luka: Wie bist du denn abgekommen von deinem Wege – hm?

Satin: Bist du neugierig, Alterchen! Alles möchtest du wissen ... warum denn?

Luka: Möchte gern verstehen, was so ... menschliche Angelegenheiten sind ... Und dich versteh ich nicht, Konstantin, wenn ich dich so anseh! Ein so lieber Mensch ... und so gescheit ... und mit einem Mal ...

Satin: Das Gefängnis, Großvater! Vier Jahre sieben Monate hab ich abgemacht, und wie ich herauskam, als entlassener Sträfling – fand ich meinen Weg versperrt ...

Актер. Врешь! Дед! Скажи ему, что он — врет! Я — иду! Я сегодня — работал, мел улицу... а водки — не пил! Каково? Вот они — два пятиалтынных, а я — трезв!

Сатин. Нелепо, и всё тут! Дай, я пропью... а то — проиграю...

Актер. Пошел прочь! Это — на дорогу?

Лука (Сатину). А ты — почто его с толку сбиваешь?

Сатин. «Скажи мне, кудесник, любимец богов, — что сбудется в жизни со мною?» Продулся, брат, я — вдребезги! Еще не все пропало, дед, — есть на свете шулера поумнее меня!

Лука. Веселый ты, Костянтин... приятный!

Бубнов. Актер! Поди-ка сюда!

Актер идет к окну и садится пред ним на корточки. Вполголоса разговаривают.

Сатин. Я, брат, молодой — занятен был! Вспомнить хорошо!.. Рубаха-парень... плясал великолепно, играл на сцене, любил смешить людей... славно!

Лука. Как же это ты свихнулся со стези своей, а?

Сатин. Какой ты любопытный, старикашка! Все бы тебе знать... а — зачем?

Лука. Понять хочется дела-то человеческие... а на тебя гляжу — не понимаю! Эдакий ты бравый... Костянтин... неглупый... и вдруг...

Сатин. Тюрьма, дед! Я четыре года семь месяцев в тюрьме отсидел... а после тюрьмы — нет ходу!

Luka: Oh, oh, oh! Warum hast du denn gesessen?

Satin: Wegen eines Schurken ... den ich im Jähzorn erschlagen hatte ... Im Gefängnis hab ich auch meine Kartenkunststücke gelernt ...

Luka: Und warum hast du ihn erschlagen? Wegen eines Weibes?

Satin: Wegen meiner eignen Schwester ... Aber geh mir jetzt vom Halse – ich liebe es nicht, wenn man mich aushorcht ... Es sind ... alte Geschichten ... meine Schwester ist tot ... neun Jahre schon ist's her ... Ein prächtiges Geschöpf war sie, meine Schwester ...

Luka: Nimmst das Leben nicht schwer! Andern fällt's weniger leicht ... Wie hat hier zum Beispiel der Schlosser hier vorhin aufgeschrien – oh, oh!

Satin: Der Kleschtsch?

Luka: Derselbige. Keine Arbeit, schrie er ... kein gar nichts ...

Satin: Wird sich dran gewöhnen ... Sag, was soll ich nun anfangen?

Luka leise: Guck! Da kommt er ... Kleschtsch kommt langsam, mit gesenktem Kopf, herein.

Satin: Heda, junger Witwer! Was lässt du den Kopf so hängen? Worüber grübelst du?

Kleschtsch: Ich zerbrech mir den Schädel darüber ... was ich jetzt tun soll! Mein Werkzeug ist hin ... alles hat das Begräbnis aufgefressen ...

Satin: Ich will dir 'nen Rat geben: Tu gar nichts! Belaste die Erde mit deinem Gewicht – ganz einfach!

Kleschtsch: Du hast gut reden ... Ich – habe noch Scham vor den Leuten.

Лука. Ого-го! За что сидел-то?

Сатин. За подлеца... убил подлеца в запальчивости и раздражении. В тюрьме я и в карты играть научился...

Лука. А убил — из-за бабы?

Сатин. Из-за родной сестры... Однако — ты отвяжись! Я не люблю, когда меня расспрашивают... И... все это было давно... сестра — умерла... уже девять лет... прошло... Славная, брат, была человечинка сестра у меня!..

Лука. Легко ты жизнь переносишь! А вот давеча тут... слесарь — так взвыл... а-а-яй!

Сатин. Клещ?

Лука. Он. «Работы, кричит, нету... ничего нету!»

Сатин. Привыкнет... Чем бы мне заняться?

Лука (тихо). Гляди! Идет...

Клещ идет — медленно, низко опустив голову.

Сатин. Эй, вдовец! Чего нюхалку повесил? Что хочешь выдумать?

Клещ. Думаю... чего делать буду? Инструмента — нет... всё — похороны съели!

Сатин. Я тебе дам совет: ничего не делай! Просто — обременяй землю!..

Клещ. Ладно... говори... Я — стыд имею пред людьми...

Satin: Lege sie ab, deine Scham! Haben die Leute vielleicht Scham darüber, dass du schlechter lebst als ein Hund? Wenn du nicht arbeitest und ich nicht arbeite ... und noch hundert, tausend andere nicht arbeiten ... und schließlich alle – begreifst du wohl? – alle die Arbeit hinwerfen und kein Mensch mehr was tut – was, meinst du, wird dann wohl geschehen?

Kleschtsch: Dann werden alle verhungern ...

Luka zu Satin: Es gibt eine solche Sekte, »Flüchtlinge« nennen sie sich ... die reden ganz so wie du ...

Satin: Ich kenne sie ... Die sind gar nicht so dumm, Alterchen! Aus Kostylews Fenster hört man Natascha schreien: »Was tust du? Hör doch auf ... was hab ich denn getan?«

Luka unruhig: Wer schrie da? War's nicht Natascha? Ach, du ... Aus Kostylews Wohnung vernimmt man lauten Lärm und das Klirren von zerschlagenem Geschirr. Dazwischen ruft Kostylew mit kreischender Stimme: »A-ah ... du Ketzerin ... du Aas!«

Wassilissa: hinter der Bühne: Halt ... wart mal ... ich will sie ... so ... und so ...

Natascha: Hilfe! Sie schlagen mich tot!

Satin schreit ins Fenster hinein: Head! Was fällt euch ein?

Luka läuft besorgt hin und her: Den Wasjka ... muss man rufen ... den Wassilij ... O Gott! ... Kinder, meine Lieben ...

Der Schauspieler eilt fort: Ich hol ihn ... sofort ...

Bubnow: Die setzen dem armen Mädel was zu ...

Satin: Komm, Alter ... wir werden Zeugen sein ...

Luka ab hinter Satin: Warum Zeugen? Was bin ich schon für 'n Zeuge? Wenn nur Wasjka bald käme ... o weh!

Natascha hinter der Bühne: Schwester ... liebe Schwester ... Wa-a-a ...

Bubnow: Jetzt haben sie ihr den Mund verstopft ... will gleich mal sehen ...

Сатин. Брось! Люди не стыдятся того, что тебе хуже собаки живется... Подумай — ты не станешь работать, я — не стану... еще сотни... тысячи, все! — понимаешь? все бросают работать! Никто, ничего не хочет делать — что тогда будет?

Клещ. С голоду подохнут все...

Лука (Сатину). Тебе бы с такими речами к бегунам идти... Есть такие люди, бегуны называются...

Сатин. Я знаю... они — не дураки, дедка!

Из окна Костылевых доносится крик Наташи: «За что? Постой... за что-о?»

Лука (беспокойно). Наташа? Она кричит? а? Ах ты...

В квартире Костылевых — шум, возня, звон разбитой посуды и визгливый крик Костылева: «А-а... еретица... шкуреха...»

Василиса. Стой... погоди... Я ее... вот... вот...

Наташа. Бьют! Убивают...

Сатин (кричит в окно). Эй, вы там!

Лука (суетясь). Василья бы... позвать бы Васю-то... ах, господи! Братцы... ребята...

Актер (убегая). Вот я... сейчас его...

Бубнов. Ну и часто они ее бить стали...

Сатин. Идем, старик... свидетелями будем!

Лука (идет вслед за Сатиным). Какой я свидетель! Куда уж... Василья-то бы скорее... Э-эхма!..

Наташа. Сестра... сестрица... Ва-а-а...

Бубнов. Рот заткнули... пойду взгляну...

Der Lärm in Kostylews Wohnung wird schwächer, er verzieht sich offenbar aus der Wohnstube in den Hausflur. Man hört Kostrufen: »Halt!« Eine Tür wird zugeschlagen, wodurch der ganze Lärm gleichsam wie mit einem Beil abgeschnitten wird. Auf der Bühne ist es still. Abenddämmerung.

Kleschtsch sitzt teilnahmslos auf dem Holzhaufen und reibt sich heftig die Hände. Dann beginnt er etwas vor sich hin zu murmeln, erst undeutlich, dann lauter: Ja, was tun? ... Leben muss man ... Lauter. Wenigstens ein Obdach ... aber nein, nicht mal das ... nicht mal 'nen Winkel, wo man sich niederlassen könnte ... Nichts als der nackte Mensch ... ganz hilflos – und verlassen ... Geht langsam, in gebeugter Haltung ab. Ein paar Sekunden unheimliche Stille. Dann erhebt sich irgendwo in dem Durchgang ein wirrer Lärm, ein Chaos von Tönen, das immer lauter wird und immer näher kommt. Man hört einzelne Stimmen.

Wassilissa hinter der Bühne: Ich bin ihre Schwester! Lasst mich los!

Kostylew hinter der Bühne: Wie kommst du dazu, dich einzumischen?

Wassilissa hinter der Bühne: Du Zuchthäusler ...

Satin hinter der Bühne: Den Wasjka holt! ... macht rasch! ... Schiefkopf, schlag zu! Eine Polizistenpfeife ertönt.

Der Tatar stürzt auf die Bühne; seine rechte Hand ist verbunden: Was ist das für 'n Gesetz – am hellen Tage zu morden? Schiefkopf kommt eilig herbei, hinter ihm Medwedew.

Schiefkopf: Na, der hat's von mir gekriegt!

Medwedew: Wie kommst du dazu, ihn zu schlagen?

Der Tatar: Und du – weißt du nicht, was deine Pflicht ist?

Medwedew läuft hinter Schiefkopf her: Halt! Gib meine Pfeife zurück ...

Kostylew stürzt auf die Bühne: Abram! Fang ihn ... halt ihn fest! Er hat mich geschlagen ... Hinter der Ecke hervor kommen Kwaschnja und Nastja – sie führen Natascha, die ganz zerzaust und

Шум в квартире Костылевых стихает, удаляясь, должно быть, в сени из комнаты. Слышен крик старика: «Стой!» Громко хлопает дверь, и этот звук, как топором, обрубает весь шум. На сцене — тихо. Вечерний сумрак.

Клещ (безучастно сидит на дровнях, крепко потирает руки. Потом начинает что-то бормотать, сначала — невнятно, далее —) Как же?.. Надо жить... (Громко.) Пристанище надо... ну? Нет пристанища... ничего нет! Один человек... один, весь тут... Помощи нет... (Медленно, согнувшись, уходит.)

Несколько секунд зловещей тишины. Потом — где-то в проходе рождается смутный шум, хаос звуков. Он растет, приближается. Слышны отдельные голоса.

Василиса. Я ей — сестра! Пусти...

Костылев. Какое ты имеешь право?

Василиса. Каторжник...

Сатин. Ваську зови!.. скорее... Зоб — бей его!

Полицейский свисток.

Татарин (выбегает. Правая рука у него на перевязи). Какой-такой закон есть — днем убивать?

Кривой Зоб (за ним Медведев). Эх, и дал я ему разочек!

Медведев. Ты — как можешь драться?

Татарин. А ты? Твоя какая обязанность?

Медведев (гонится за крючником). Стой! Отдай свисток...

Костылев (выбегает). Абрам! Хватай... бери его! Убил...

Из-за угла выходят Квашня и Настя — они ведут под руки Наташу, растрепанную. Сатин пятится задом, отталкивая Василису, которая, размахивая руками, пытается ударить сестру. Около нее прыгает как бесноватый Алешка,

über zugerichtet ist, unter den Armen. Satin weicht hinter das Haus zurück, wobei er Wassilissa zurückstößt, die mit den Armen herumfuchtelt und ihre Schwester zu schlagen versucht. Um sie herum springt wie ein Besessener Aljoschka, er pfeift ihr die Ohren voll, schreit und heult. Noch ein paar weitere zerlumpte Gestalten, Männer und Frauen, erscheinen.

Satin zu Wassilissa: Wohin denn, verdammte Eule?

Wassilissa: Weg, Sträfling! Und wenn mich's das Leben kostet – ich reiße sie in Stücke ...

Kwaschnja führt Natascha auf die Seite: So hör doch auf, Karpowna ... Schäm dich! Wie kann man so unmenschlich sein?

Medwedew nimmt Satin beim Kragen: Aha ... jetzt hab ich dich!

Satin: Schiefkopf! Schlag zu! ... Wasjka ... Wasjka! Alle drängen sich im Haufen an den Durchgang neben der roten Wand. Natascha wird nach rechts geführt und dort auf den Holzhaufen gesetzt.

Pepel springt aus der Gasse vor und treibt schweigend, mit kräftigen Stößen, alle auseinander: Wo ist Natascha? Du ...

Kostylew versteckt sich hinter der Ecke: Abram! Fang den Wasjka ... Brüder, helft den Wasjka fangen! Den Dieb ... den Räuber ...

Pepel: Da ... du alter Wüstling! Schlägt mit kräftigen Hieben auf Kostylew los. Dieser stürzt so hin, dass hinter der Ecke nur sein Oberkörper sichtbar ist. Pepel eilt zu Natascha hin.

Wassilissa: Haut den Wasjka! Ihr Täubchen ... haut den Dieb!

Medwedew zu Satin: Hast dich nicht einzumischen ... das ist hier – 'ne Familienangelegenheit! Sie sind miteinander verwandt ... Und wer bist du!

Pepel zu Natascha: Was hat sie dir getan? Hat sie dich gestochen?

Kwaschnja: Sieh doch, was für Bestien! Mit kochendem Wasser haben sie ihr die Beine verbrüht ...

свистит ей в уши, кричит, воет. Потом еще несколько оборванных фигур мужчин и женщин.

Сатин (Василисе). Куда? Сова, проклятая...

Василиса. Прочь, каторжник! Жизни решусь, а — растерзаю...

Квашня (отводя Наташу). А ты, Карповна, полно... постыдись! Что зверствуешь?

Медведев (хватает Сатина). Ага... попал!

Сатин. Зоб! Лупи их!.. Васька... Васька!

Все сталкиваются в кучу около прохода, у красной стены. Наташу уводят направо и там усаживают на куче дерева

Пепел (выскочив из проулка, он молча сильными движениями расталкивает всех). Где — Наталья? Ты...

Костылев (скрываясь за углом). Абрам! Хватай Ваську... братцы — помогите Ваську взять! Вора... грабителя...

Пепел. А ты... блудня старая! (Сильно размахнувшись, бьет старика.)

Костылев падает так, что из-за угла видна только верхняя половина его тела, Пепел бросается к Наташе.

Василиса. Бейте Ваську! Голубчики... бейте вора!

Медведев (кричит Сатину). Не можешь... тут — дело семейное! Они — родные... а ты кто?

Пепел. Как... чем она тебя? Ножом?

Квашня. Гляди-ко, звери какие. Кипятком ноги девке сварили...

Nastja: Den Samowar haben sie umgestoßen ...

Der Tatar: Kann zufällig gewesen sein ... wenn man's nicht genau weiß, soll man nicht reden ...

Natascha halb ohnmächtig: Wassilij ... nimm mich weg von hier ... versteck mich ...

Wassilissa: Seht nur, meine Lieben! Guckt doch her! Erschlagen haben sie ihn! Alle sammeln sich an dem Durchgang um Kostylew. Von der Menge sondert sich Bubnow ab, der an Pepel herantritt.

Bubnow leise: Wasjka! Der Alte ... hat genug!

Pepel sieht ihn an, als ob er seine Worte nicht begriffe: Geh, hol eine Droschke ... sie muss ins Krankenhaus ... na, mit denen will ich abrechnen

Bubnow: Hör, was ich sage: Den Alten hat jemand kaltgemacht ... Der Lärm auf der Bühne verlöscht gleichsam wie ein Feuer, auf das man Wasser gießt. Man vernimmt einzelne halblaute Ausrufe: »Ist's wirklich wahr?«, »Da haben wir's!«, »Nanu?«, »Wollen uns lieber drücken, Bruder!«, »Teufel noch eins!«, »Jetzt heißt es Kopf oben!«, »Reißt aus, ehe die Polizei kommt!« Die Menge wird kleiner. Bubnow und der Tatar entfernen sich. Nastja und Kwaschnja stürzen zu Kostylews Leichnam.

Wassilissa erhebt sich vom Boden und ruft laut, in triumphierendem Ton: Erschlagen haben sie ihn ... meinen Mann! Und wer hat's getan? Der da! Wasjka hat ihn erschlagen! Ich hab's gesehen, meine Lieben! Ich hab's gesehen! Na, Wasjka? Heda, Polizei!

Pepel entfernt sich von Natascha: Lass mich mal ... Platz da! Starrt auf den Leichnam. Zu Wassilissa: Na? Jetzt bist du wohl froh? Stößt den Leichnam mit dem Fuße. Ist wirklich krepiert. ... der alte Hund! Nu hast du deinen Willen ... Soll ich dir nicht auch gleich ... 's Genick umdrehen? Stürzt auf sie zu, doch fassen ihn Satin und Schiefkopf rasch. Wassilissa versteckt sich in der Seitengasse.

Satin: Komm doch zur Besinnung!

Schiefkopf: Prrr! Wohin springst du denn?

Настя. Самовар опрокинули...

Татарин. Может — нечаянно... надо — верно знать... нельзя зря говорить...

Наташа (почти в обмороке). Василий... возьми меня... схорони меня...

Василиса. Батюшки! Глядите-ка... смотрите-ка... помер! Убили...

Все толпятся у прохода, около Костылева. Из толпы выходит Бубнов, идет к Василию.

Бубнов (негромко). Васька! Старик-то... того... готов!

Пепел (смотрит на него, как бы не понимая). Иди... зови... в больницу надо... ну, я рассчитаюсь с ними!

Бубнов. Я говорю — старика-то кто-то уложил...

Шум на сцене гаснет, как огонь костра, заливаемый водою. Раздаются отдельные возгласы вполголоса: «Неужто?», «Вот те раз!», «Ну-у?», «Уйдем-ка, брат!», «Ах, черт!», «Теперь — держись!», «Айда прочь, покуда полиции нет!» Толпа становится меньше. Уходят Бубнов, Татарин. Настя и Квашня бросаются к трупу Костылева.

Василиса (поднимаясь с земли, кричит торжествующим голосом). Убили! Мужа моего... вот кто убил! Васька убил! Я — видела! Голубчики — я видела! Что — Вася? Полиция!

Пепел (отходит от Наташи). Пусти... прочь! (Смотрит на старика. Василисе.) Ну? рада? (Трогает труп ногой.) Околел... старый пес! По-твоему вышло... А... не прихлопнуть ли и тебя? (Бросается на нее.)

Сатин и Кривой Зоб быстро хватают его. Василиса — скрывается в проулке

Сатин. Опомнись!

Кривой Зоб. Тпруу! Куда скачешь?

Wassilissa erscheint wieder auf dem Platze: Na, Wasjka, mein Herzensfreund? Niemand entgeht seinem Schicksal ... Die Polizei! Abram ... so pfeif doch!

Medwedew: Sie haben mir ja die Pfeife weggenommen, die Teufelskerle ...

Aljoschka: Da ist sie! Er pfeift. Medwedew läuft hinter ihm her.

Satin geleitet Pepel zu Natascha zurück: Hab keine Angst, Wasjka! Totschlag bei 'ner Prügelei ... Lappalie! Da gibt's nicht viel ...

Wassilissa: Haltet ihn nur fest! Wasjka hat ihn erschlagen ... ich hab's gesehen!

Satin: Ich hab ihm auch ein paar Hiebe versetzt ... Was braucht denn so 'n alter Mann viel! Gib mich nur als Zeugen an, Wasjka ...

Pepel: Ich brauch mich nicht zu rechtfertigen ... Aber die Wassilissa ... die will ich 'reinlegen! Sie wollte es habe ... sie hat mich dazu angestiftet, ihren Mann totzuschlagen ... jawohl, sie hat mich angestiftet ...

Natascha plötzlich einfallend, mit lauter Stimme: Ah! ... jetzt versteh ich! So steht's, Wassilij?! Hört doch, ihr guten Leute: 's war alles besprochen! Er und meine Schwester ... sie haben es eingefädelt, haben's drauf angelegt! Sieh doch, Wassilij! Darum hast du vorhin ... mit mir so geredet ... damit sie alles hörte?! Ihr guten Leute, sie ist seine Liebste ... Ihr wisst ja ... alle wissen es ... sie sind einig miteinander! Sie ... sie hat ihn angestiftet, ihren Mann zu erschlagen ... er war ihnen im Wege ... und auch ich war ihnen im Wege ... Darum hat sie mich ... so zugerichtet ...

Pepel: Natalja! Was sprichst du da ... was sprichst du?!

Satin: Ist ja dummes Zeug!

Wassilissa: Sie lügt! Alles Lüge ... ich weiß von nichts ... Wasjka hat ihn erschlagen ... er ganz allein!

Natascha: Sie haben's besprochen! Verflucht sollt ihr sein ... alle beide ...

Василиса (появляясь). Что, Вася, мил друг? От судьбы — не уйдешь... Полиция! Абрам... свисти!

Медведев. Свисток сорвали, дьяволы...

Алешка. Вот он! (Свистит.)

Медведев бежит за ним.

Сатин (отводя Пепла к Наташе). Васька — не трусь! Убийство в драке... пустяки! Это — недорого стоит...

Василиса. Держите Ваську! Он убил... я видела!

Сатин. Я тоже раза три ударил старика... Много ли ему надо! Зови меня в свидетели, Васька...

Пепел. Мне... оправдываться не надо... Мне — Василису надо подвести... я же ее подведу! Она этого хотела... Она меня подговаривала мужа убить... подговаривала!..

Наташа (вдруг громко). А-а... я поняла!.. Так, Василий?! Добрые люди! Они — заодно! Сестра моя и — он... они заодно! Они все это подстроили! Так, Василий?.. Ты... для того со мной давеча говорил... чтобы она все слышала? Люди добрые! Она — его любовница... вы — знаете... это — все знают... они — заодно! Она... это она его подговорила мужа убить... муж им мешал... и я — мешала... Вот — изувечили меня...

Пепел. Наталья! Что ты... что ты?!

Сатин. Вот так... черт!

Василиса. Врешь! Врет она... я... он, Васька, убил!

Наташа. Они — заодно! Будь вы прокляты! Вы оба...

Satin: Das wird 'n verzwicktes Spiel ... Jetzt heißt es: Kopf oben, Wassilij, sonst kriegen sie dich unter!

Schiefkopf: Kann's nicht begreifen! ... Ach ... sind das Geschichten!

Pepel: Natalja! Sprichst du ... im Ernst? Kannst du wirklich glauben, dass ich ... mit ihr ...

Satin: Bei Gott, Natascha ... nimm doch Vernunft an!

Wassilissa in der Seitengasse: Meinen Mann haben sie erschlagen ... Euer Wohlgeboren ... Wasjka Pepel, der Dieb ... hat ihn erschlagen, Herr Kommissar! Ich hab's gesehen, alle haben es gesehen ...

Natascha wälzt sich halb besinnungslos hin und her: Ihr guten Leute ... meine Schwester und Wasjka ... die haben ihn erschlagen! Herr Polizeimann ... hören sie doch mal ... diese da, meine Schwester, hat ihn verleitet ... ihren Liebsten ... hat sie angestiftet ... da ist er, der Verfluchte – die beiden haben's getan! Nehmt sie fest ... stellt sie vor Gericht ... Auch mich nehmt mit ... ins Gefängnis mit mir! Um Christi willen ... ins Gefängnis ...

Vorhang.

Сатин. Н-ну, игра!.. Держись, Василий! Утопят они тебя...

Кривой Зоб. Понять невозможно!.. Ах ты... дела!

Пепел. Наталья! Неужто ты... вправду? Неужто веришь, что я... с ней...

Сатин. Ей-богу, Наташа, ты... сообрази!

Василиса (в проулке). Убили мужа моего... ваше благородие... Васька Пепел, вор... он убил... господин пристав! Я — видела... все видели...

Наташа (мечется почти в беспамятстве). Люди добрые... сестра моя и Васька убили! Полиция — слушай... вот эта, сестра моя, научила... уговорила... своего любовника... вот он, проклятый! — они убили! Берите их... судите... Возьмите и меня... в тюрьму меня! Христа ради... в тюрьму меня!..

Занавес.

Vierter Aufzug

Bühneneinrichtung des ersten Aufzugs. Nur Pepels Kammer ist nicht mehr da, die Verschläge sind beseitigt. Auch der Amboss fehlt an der Stelle, wo Kleschtsch früher saß. In der Ecke, in der früher Pepels Kammer war, liegt der Tatar; er wälzt sich hin und her und stöhnt ab und zu. Am Tische sitzt Kleschtsch; er bessert eine Harmonika aus und probiert dann und wann die Akkorde. Am anderen Ende des Tisches sitzen Satin, der Baron und Nastja. Vor ihnen eine Flache Branntwein, drei Flaschen Bier, ein großes Stück Schwarzbrot. Auf dem Ofen der Schauspieler, er rückt unruhig hin und her und hustet. Es ist Nacht. Die Bühne wird durch eine Lampe erhellt, die mitten auf dem Tisch steht. Draußen heult der Wind.

Kleschtsch: J–ja ... mitten in dem Lärm damals ist er verschwunden ...

Der Baron: Geflüchtet ist er vor der Polizei ... wie der Nebel vor der Sonne flieht ...

Satin: So fliehen die Sünder vor dem Antlitz des Gerechten!

Nastja: Ein prächtiger alter Mann war 's! Und ihr ... seid überhaupt keine Menschen ... ihr seid Gesindel ...

Der Baron trinkt: Auf Ihr Wohl, Lady!

Satin: Ein interessanter Greis ... ja! Unsere Nastenjka hat sich in ihn verliebt ...

Nastja: Das hab ich auch ... recht liebgewonnen hab ich ihn! Er hatte für alles ein Auge ... für alles Verständnis ...

Satin lachend: Und war überhaupt für viele ... was eine Mehlsuppe für zahnlose Leute ist ...

Der Baron lachend: Oder ein Zugpflaster für 'n Geschwür.

Kleschtsch: Er hatte ein mitleidiges Herz ... ihr hier ... kennt kein Mitleid ...

Satin: Was hast du davon, dass ich dich bemitleide?

Kleschtsch: Brauchst mich nicht zu bemitleiden ... aber wenigstens kränken ... sollst du mich nicht ...

Действие четвертое

Обстановка первого акта. Но комнаты Пепла — нет, переборки сломаны. И на месте, где сидел Клещ, — нет наковальни. В углу, где была комната Пепла, лежит Татарин, возится и стонет изредка. За столом сидит Клещ; он чинит гармонию, порою пробуя лады. На другом конце стола — Сатин, Барон и Настя. Пред ними бутылка водки, три бутылки пива, большой ломоть черного хлеба. На печи возится и кашляет Актер. Ночь. Сцена освещена лампой, стоящей посреди стола. На дворе — ветер. Клещ. Д-да... он во время суматохи этой и пропал...

Барон. Исчез от полиции... яко дым от лица огня...

Сатин. Тако исчезают грешники от лица праведных!

Настя. Хороший был старичок!.. А вы... не люди... вы — ржавчина!

Барон (пьет). За ваше здоровье, леди!

Сатин. Любопытный старикан... да! Вот Настёнка — влюбилась в него...

Настя. И влюбилась... и полюбила! Верно! Он — все видел... все понимал...

Сатин (смеясь). И вообще... для многих был... как мякиш для беззубых...

Барон (смеясь). Как пластырь для нарывов...

Клещ. Он... жалостливый был... у вас вот... жалости нет...

Сатин. Какая польза тебе, если я тебя пожалею?..

Клещ. Ты — можешь... не то, что пожалеть можешь... ты умеешь не обижать...

Der Tatar richtet sich auf der Pritsche auf und wiegt seine kranke Hand wie ein kleines Kind hin und her: Der Alte war gut ... trug das Gesetz im Herzen! Wer's Gesetz im Herzen trägt – der ist gut! Wer's Gesetz nicht in sich hat – der ist verloren! ...

Der Baron: Was für ein Gesetz, Fürst?

Der Tatar: Na, eben – das Gesetz ... je nachdem ... du verstehst mich schon!

Der Baron: Rede weiter!

Der Tatar: Tritt keinem Menschen zu nahe – da hast du schon das Gesetz ...

Satin: Bei uns in Russland nennt man das »Sammlung der Verordnungen über die Kriminal- und Korrektionsstrafen« ...

Der Baron: Nebst einem Anhang: »Bestimmungen über die Strafen, die von den Friedensrichtern verhängt werden können« ...

Der Tatar: Bei uns heißt es Koran ... Euer Koran sind eure Gesetze ... seinen Koran muss der Mensch im Herzen tragen ... ja!

Kleschtsch probiert die Harmonika: Zischt noch immer, das Biest! Was der Tatar sagt, ist richtig ... man muss nach den Gesetzen leben ... nach dem Evangelium ...

Satin: Leb doch danach ...

Der Baron: Versuch's doch ...

Der Tatar: Mohammed hat den Koran gegeben, er sagte: Da habt ihr Euer Gesetz! Tut, was darin geschrieben steht! Dann wird eine Zeit kommen – da reicht der Koran nicht mehr zu ... diese Zeit wird sich ein eignes Gesetz geben, ein neues ... Jede Zeit gibt sich ihr eignes Gesetz ...

Satin: Na ja ... unsre Zeit hat sich eben die »Sammlung der Strafverordnungen« gegeben. Ein strammes Gesetz ... wird sich so leicht nicht abnutzen!

Nastja klopft mit ihrem Glas auf den Tisch: Nu möchte ich bloß wissen ... warum leb ich eigentlich ... hier bei euch? Ich will fort von hier ... irgendwohin will ich gehen ... bis ans Ende der Welt!

Татарин (садится на нарах и качает свою больную руку, как ребенка). Старик хорош был... закон душе имел! Кто закон душа имеет — хорош! Кто закон терял — пропал!..

Барон. Какой закон, князь?

Татарин. Такой... Разный... Знаешь какой...

Барон. Дальше!

Татарин. Не обижай человека — вот закон!

Сатин. Это называется «Уложение о наказаниях уголовных и исправительных»...

Барон. И еще — «Устав о наказаниях, налагаемых мировыми судьями»...

Татарин. Коран называет... ваш коран должна быть закон... Душа — должен быть коран... да!

Клещ (пробуя гармонию). Шипит, дьявол!.. А князь верно говорит... надо жить — по закону... по евангелию...

Сатин. Живи...

Барон. Попробуй...

Татарин. Магомет дал коран, сказал: «Вот — закон! Делай, как написано тут!» Потом придет время — коран будет мало... время даст свой закон, новый... Всякое время дает свой закон...

Сатин. Ну да... пришло время и дало «Уложение о наказаниях»... Крепкий закон... не скоро износишь!

Настя (ударяет стаканом по столу). И чего... зачем я живу здесь... с вами? Уйду... пойду куда-нибудь... на край света!

Der Baron: Ohne Schuhe, Lady?

Nastja: Ganz nackt meinetwegen! Auf allen vieren will ich kriechen!

Der Baron: Das wird ja sehr spaßig aussehen, Lady ... auf allen vieren ...

Nastja: Jawohl, das tu ich! Wenn ich nur deine Fratze nicht mehr zu sehen brauche ... Ach, wie mir alles zuwider ist! Das ganze Leben ... alle Menschen! ...

Satin: Wenn du gehst, dann nimm doch den Schauspieler mit ... Er will ja auch bald aufbrechen ... er hat nämlich in Erfahrung gebracht, dass genau einen halben Kilometer vom Ende der Welt eine Heilanstalt für Organons existiert ...

Der Schauspieler streckt den Kopf über den Ofenrand vor: Für Organismen, Schafskopf!

Satin: Für Organons, die mit Alkohol vergiftet sind ...

Der Schauspieler: Ja! Er wird aufbrechen! Sehr bald wird er aufbrechen ... Ihr werdet sehen!

Der Baron: Wer ist dieser »er«, Sire?

Der Schauspieler: Ich bin's!

Der Baron: Merci, mein lieber Jünger der ... äh, wie heißt sie doch? Die Göttin des Dramas, der Tragödie ... wie hieß sie?

Der Schauspieler: Eine Muse war's, Schafskopf! Nicht Göttin, sondern Muse!

Satin: Lachesis ... Hera ... Aphrodite ... Atropos ... der Teufel soll sie alle unterscheiden! Ja ... unser Musenjünger verlässt uns also ... Den Floh hat ihm der Alte ins Ohr gesetzt ...

Der Baron: Der Alte war ein Narr ...

Der Schauspieler: Und ihr seid Wilde! Unwissende Knoten seid ihr! Wisst nicht mal, wer Melpomene ist. Ihr herzlosen Menschen! Ihr werdet sehen – er verlässt euch! »Prasset nur, ihr traurigen Gesellen« ... wie es bei Béranger heißt ... ja! Er wird den Ort schon finden ... wo er nichts mehr ... gar nichts mehr ...

Барон. Без башмаков, леди?

Настя. Голая! На четвереньках поползу!

Барон. Это будет картинно, леди... если на четвереньках...

Настя. Да, и поползу! Только бы мне не видеть твоей рожи... ах, опротивело мне все! Вся жизнь... все люди!..

Сатин. Пойдешь — так захвати с собой Актера... Он туда же собирается... ему известно стало, что всего в полуверсте от края света стоит лечебница для органонов...

Актер (высовываясь из печи). Орга-ни-змо-в, дурак!

Сатин. Для органонов, отравленных алкоголем...

Актер. Да! Он — уйдет! Он уйдет... увидите!

Барон. Кто — он, сэр?

Актер. Я!

Барон. Merci, служитель богини... как ее? Богиня драм, трагедии... как ее звали?

Актер. Муза, болван! Не богиня, а — муза!

Сатин. Лахеза... Гера... Афродита... Атропа... черт их разберет! Это все старик... навинтил Актера... понимаешь, Барон?

Барон. Старик — глуп...

Актер. Невежды! Дикари! Мель-по-ме-на! Люди без сердца! Вы увидите — он уйдет! «Обжирайтесь, мрачные умы»... стихотворение Беранжера... да! Он — найдет себе место... где нет... нет...

Der Baron: Wo es gar nichts mehr gibt, Sire?

Der Schauspieler: Ja! Gar nichts mehr! »Die Höhle hier ... sie wird zum Grab mir werden ... Ich sterbe, welk und kraftlos!« Und ihr ... warum lebt ihr nur? Warum?

Der Baron: Hör mal, du – Kean oder Genie und Leidenschaft! Brülle nicht so!

Der Schauspieler: Halt's Maul! Gerade werde ich brüllen!

Nastja hebt den Kopf vom Tisch hoch, fuchtelt mit den Armen in der Luft herum: Immer schrei zu! Mögen sie's hören!

Der Baron: Was hat das für 'nen Sinn, Lady?

Satin: Lass sie schwatzen, Baron! Hol sie der Teufel, alle beide ... Mögen sie schreien ... mögen sie sich die Schädel einrennen ... immerzu! Einen Sinn hat's schon! ... Stör die Leute nicht, wie der Alte sagt ... Der Graukopf hat hier alles rebellisch gemacht ...

Kleschtsch: Hat alle gelockt ... irgendwohin ... und wusste selber den Weg nicht ...

Der Baron: Der Alte war ein Scharlatan ...

Nastja: 's ist nicht wahr! Du bist selber ein Scharlatan!

Der Baron: Kusch dich, Lady!

Kleschtsch: Von der Wahrheit war er kein Freund, der Alte ... Ist immer mächtig über die Wahrheit hergezogen ... Schließlich hat er recht ... Was nützt mir alle Wahrheit, wenn ich nichts zu beißen habe? Da, seht euch den Tataren an auf den Tataren weisend ... Hat sich die Hand zerquetscht bei der Arbeit ... jetzt heißt es, sie muss ihm abgenommen werden ... Da habt ihr die Wahrheit!

Satin schlägt mit der Faust auf den Tisch: Still da! Ihr seid dummes Volk, alle miteinander. Redet bloß nicht von dem Alten! Ruhiger. Du, Baron, bist der Dümmste von allen ... hat keinen blauen Schimmer – und schwatzt doch! Ein Scharlatan soll der Alte sein? Was heißt Wahrheit? Der Mensch ist die Wahrheit! Das hat er begriffen ... ihr aber nicht! Ihr seid stumpfsinnig wie die Ziegelsteine. Ich versteh in ganz gut, den Alten ... Er hat wohl ge-

Барон. Ничего нет, сэр?

Актер. Да! Ничего! «Яма эта... будет мне могилой... умираю, немощный и хилый!» Зачем вы живете? Зачем?

Барон. Ты! Кин, или гений и беспутство! Не ори!

Актер. Врешь! Буду орать!

Настя (поднимая голову со стола, взмахивает руками). Кричи! Пусть слушают!

Барон. Какой смысл, леди?

Сатин. Оставь их, Барон! К черту!.. Пускай кричат... разбивают себе головы... пускай! Смысл тут есть!.. Не мешай человеку, как говорил старик... Да, это он, старая дрожжа, проквасил нам сожителей...

Клещ. Поманил их куда-то... а сам — дорогу не сказал...

Барон. Старик — шарлатан...

Настя. Врешь! Ты сам — шарлатан!

Барон. Цыц, леди!

Клещ. Правды он... не любил, старик-то... Очень против правды восставал... так и надо! Верно — какая тут правда? И без нее — дышать нечем... Вон князь... руку-то раздавил на работе... отпилить напрочь руку-то придется, слышь... вот те и правда!

Сатин (ударяя кулаком по столу). Молчать! Вы — все — скоты! Дубье... молчать о старике! (Спокойнее.) Ты, Барон, — всех хуже!.. Ты — ничего не понимаешь... и — врешь! Старик — не шарлатан! Что такое — правда? Человек — вот правда! Он это понимал... вы — нет! Вы — тупы, как кирпичи... Я — понимаю старика... да! Он врал... но — это из жалости к вам, черт вас возьми! Есть много людей, которые лгут из жалости к ближнему... я — знаю! я — читал! Красиво, вдохновенно, возбуждающе лгут!.. Есть ложь утешительная, ложь примиряющая... ложь оправдывает ту тяжесть, которая

flunkert ... aber es geschah aus Mitleid mit euch, weiß der Teufel! Es gibt viele solche Leute, die aus Mitleid mit dem Nächsten lügen ... ich weiß es, hab darüber gelesen! Sie lügen so schön, so begeistert, so wundervoll! Es gibt so trostreiche, so versöhnende Lügen ... Eine solche Lüge bringt es fertig, den Klotz zu rechtfertigen, der die Hand des Arbeiters zermalmt ... und den Verhungernden anzuklagen ... Ich – kenne die Lüge! Wer ein schwaches Herz hat ... oder wer sich von fremden Säften nährt – der bedarf der Lüge ... Jenem flößt sie Courage ein, diesem leiht sie ein Mäntelchen ... Wer aber sein eigner Herr ist ... wer unabhängig ist und nicht vom Schweiße des andern lebt – was braucht der die Lüge? Die Lüge ist die Religion der Knechte und der Herren ... die Wahrheit ist die Gottheit des freien Menschen!

Der Baron: Bravo! Famos gesagt! Bin ganz deiner Meinung! Du sprichst ... wie 'n anständiger Mensch!

Satin: Warum soll nicht ein Gauner mal so reden wie 'n anständiger Mensch – wenn die anständigen Leute so reden wie die Gauner? Ja ... ich hab vieles vergessen, aber einiges hab ich doch noch behalten! Der Alte? Das war ein ganz gescheiter Kopf! Der hat auf mich gewirkt ... wie Säure auf eine alte, schmutzige Münze ... Na, prosit, er soll leben! Schenk ein ... Nastja schenkt ein Glas Bier ein und reicht es Satin.

Satin lächelnd: Der Alte – der lebt von innen heraus ... er sieht alles mit seinen eigenen Augen an ... Ich fragte ... ihn einmal: »Großvater, wozu leben eigentlich die Menschen?« ... Sucht in Stimme und Bewegungen Luka nachzuahmen. »Die Menschen? Ei, die leben um des Tüchtigsten willen! Da leben zum Beispiel die Tischler, wollen wir annehmen – lauter elendes Volk ... und mit einem Mal wird aus ihrer Mitte ein Tischler geboren ... solch ein Tischler, wie ihn die Welt noch nicht gesehen hat; allen ist er über, kein andrer Tischler ist ihm gleich. Dem ganzen Tischlerhandwerk gibt er ein neues Gesicht ... sein eignes Gesicht sozusagen ... und mit einem Stoß rückt die Tischlerei um zwanzig Jahre vorwärts ... Und so leben auch alle andern ... die Schlosser und die Schuhmacher und alle übrigen Arbeitsleute ... auch die Bauern ... und sogar die Herren – nur um des Tüchtigsten willen! Jeder denkt, er sei für sich selbst auf der Welt, und nun stellt sich's heraus, dass er für jenen da

раздавила руку рабочего... и обвиняет умирающих с голода... Я — знаю ложь! Кто слаб душой... и кто живет чужими соками, — тем ложь нужна... одних она поддерживает, другие — прикрываются ею... А кто — сам себе хозяин... кто независим и не жрет чужого — зачем тому ложь? Ложь — религия рабов и хозяев... Правда — бог свободного человека!

Барон. Браво! Прекрасно сказано! Я — согласен! Ты говоришь... как порядочный человек!

Сатин. Почему же иногда шулеру не говорить хорошо, если порядочные люди... говорят, как шулера? Да... я много позабыл, но — еще кое-что знаю! Старик? Он — умница!.. Он... подействовал на меня, как кислота на старую и грязную монету... Выпьем, за его здоровье! Наливай...

Настя наливает стакан пива и дает Сатину.

(Усмехаясь.) Старик живет из себя... он на все смотрит своими глазами. Однажды я спросил его: «Дед! зачем живут люди?»... (Стараясь говорить голосом Луки и подражая его манерам.) «А — для лучшего люди-то живут, милачок! Вот, скажем, живут столяры и всё — хлам-народ... И вот от них рождается столяр... такой столяр, какого подобного и не видала земля, — всех превысил, и нет ему во столярах равного. Всему он столярному делу свой облик дает... и сразу дело на двадцать лет вперед двигает... Так же и все другие... слесаря, там... сапожники и прочие рабочие люди... и все крестьяне... и даже господа — для лучшего живут! Всяк думает, что для себя проживает, ан выходит, что для лучшего! По сту лет... а может, и больше — для лучшего человека живут!»

ist ... für den Tüchtigsten! Hundert Jahre ... oder vielleicht noch länger ... leben sie so, für den Tüchtigsten!«

Nastja blickt Satin starr ins Gesicht. Kleschtsch hört auf, an der Harmonika zu arbeiten, und hört gleichfalls zu. Der Baron lässt den Kopf sinken und trommelt mit den Fingern auf den Tisch. Der Schauspieler streckt den Kopf über den Ofenrand vor und sucht vorsichtig auf die Pritsche herunterzuklettern.

Satin fortfahrend: »Alle, mein Lieber, alle leben einzig um des Tüchtigsten willen! Darum sollen wir auch jeden Menschen respektieren ... wissen wir doch nicht, wer er ist, wozu er geboren wurde, und was er noch vollbringen kann ... Vielleicht wurde er uns zum Glück geboren ... zu großem Nutzen ... Ganz besonders aber müssen wir die Kinder respektieren ... die kleinen Kinderchen! Die Kinderchen müssen Freiheit habe ... Lasst die Kinder sich ausleben ... respektiert die Kinder!« Lacht still für sich. Pause.

Der Baron nachdenklich: Für den Tüchtigsten ... Hm ja ... Das erinnert mich an meine eigne Familie ... Eine alte Familie ... noch aus den Zeiten Katharinas ... vornehmer Adel ... Militärs! ... Wir sind aus Frankreich eingewandert ... sind in russische Dienste getreten ... sind immer höher gestiegen ... Unter Nikolaus I. hat mein Großvater, Gustave Deville ... einen hohen Posten bekleidet ... er war reich ... hatte Hunderte von Leibeigenen ... Pferde ... einen Koch ...

Nastja: Lüg doch nicht! 's ist alles Schwindel!

Der Baron springt auf: Wa-as? N-na ... weiter!

Nastja: Alles Schwindel!

Der Baron schreit: Ein Haus in Moskau! Ein Haus in Petersburg! Kutschen ... Wappen am Kutschenschlag! Kleschtsch nimmt die Harmonika, erhebt sich und geht auf die Seite, von wo aus er die Szene beobachtet.

Nastja: Schwindel!

Der Baron: Kusch dich! Dutzende von Lakaien ... sag ich dir!

Nastja mit sichtlichem Behagen: Alles Schwindel!

Настя упорно смотрит в лицо Сатина. Клещ перестает работать над гармонией и тоже слушает. Барон, низко наклонив голову, тихо бьет пальцами по столу. Актер, высунувшись с печи, хочет осторожно слезть на нары.

«Все милачок, все, как есть, для лучшего живут! Потому-то всякого человека и уважать надо... неизвестно ведь нам, кто он такой, зачем родился и чего сделать может... может, он родился-то на счастье нам... для большой нам пользы?.. Особливо же деток надо уважать... ребятишек! Ребятишкам — простор надобен! Деткам-то жить не мешайте... Деток уважьте!» (Смеется тихо.)

Пауза.

Барон (задумчиво). Мм-да... для лучшего? Это... напоминает наше семейство... Старая фамилия... времен Екатерины... дворяне... вояки!.. выходцы из Франции... Служили, поднимались всё выше... При Николае Первом дед мой, Густав Дебиль... занимал высокий пост... богатство... сотни крепостных... лошади... повара...

Настя. Врешь! Не было этого!

Барон (вскакивая). Что-о? Н-ну... дальше?!

Настя. Не было этого!

Барон (кричит). Дом в Москве! Дом в Петербурге! Кареты... кареты с гербами!

Клещ берет гармонию, встает и отходит в сторону, откуда наблюдает за сценой.

Настя. Не было!

Барон. Цыц! Я говорю... десятки лакеев!..

Настя (с наслаждением). Н-не было!

Der Baron: Ich schlag dir den Schädel ein!

Nastja macht Miene wegzulaufen: Kutschen? Ist Schwindel!

Satin: Hör auf, Nastenjka! Mach ihn nicht wütend …

Der Baron: Wart, du nichtsnutziges Ding! Mein Großvater …

Nastja: Es gab gar keinen Großvater! Gar nichts gab's!

Satin lacht.

Der Baron sinkt, ganz erschöpft vor zorniger Erregung, auf die Bank zurück: Satin, sag ihr doch … der Schlumpe … was – auch du lachst? Auch du … willst mir nicht glauben? Schreit voll Verzweiflung, indem er mit der Faust auf den Tisch schlägt. Hol euch der Teufel … es war so, wie ich es sage!

Nastja in triumphierendem Ton: Aha, siehst du, wie du aufgeschrien hast? Jetzt weißt du, wie einem Menschen zumute ist, wenn man ihm nicht glauben will!

Kleschtsch kehrt an den Tisch zurück: Ich dachte schon, es gibt 'ne Prügelei …

Der Tatar: Ist das 'n dummes Volk! Zu läppisch!

Der Baron: Ich … lass mich nicht so foppen! Ich habe Beweise … Dokumente hab ich, zum Kuckuck!

Satin: Wirf sie in 'n Ofen! Und vergiss die Kutschen deines Großvaters … In der Kutsche der Vergangenheit kommt der Mensch nicht vom Fleck …

Der Baron: Wie kann sie es aber wagen …

Nastja: Nun sag einer! Wie ich's wagen kann …

Satin: Du siehst doch, sie wagt es! Ist sie etwa schlechter als du! Wenn sie auch in ihrer Vergangenheit ganz sicher keine Kutschen und keinen Großvater … vielleicht nicht mal Vater und Mutter aufzuweisen hat …

Der Baron sich beruhigend: Hol dich der Teufel … du urteilst über alles so kaltblütig, während ich gleich … Ich glaube, ich hab keinen Charakter …

Барон. Убью!

Настя (приготовляясь бежать). Не было карет!

Сатин. Брось, Настёнка! Не зли его...

Барон. Подожди... ты, дрянь! Дед мой...

Настя. Не было деда! Ничего не было!

Сатин хохочет.

Барон (усталый от гнева, садится на скамью). Сатин, скажи ей... шлюхе... ты — тоже смеешься? Ты... тоже — не веришь? (Кричит с отчаяньем, ударяя кулаками по столу.) Было, черт вас возьми!

Настя (торжествуя). А-а, взвыл? Понял, каково человеку, когда ему не верят?

Клещ (возвращаясь к столу). Я думал — драка будет...

Татарин. А-ах, глупы люди! Очень плохо!

Барон. Я... не могу позволить издеваться надо мной! У меня — доказательства есть... документы, дьявол!

Сатин. Брось их! И забудь о каретах дедушки... в карете прошлого — никуда не уедешь...

Барон. Как она смеет, однако!

Настя. Ска-ажите! Как смею!..

Сатин. Видишь — смеет! Чем она хуже тебя? Хотя у нее в прошлом, уж наверное, не было не только карет и — дедушки, а даже отца с матерью...

Барон (успокаиваясь). Черт тебя возьми... ты... умеешь рассуждать спокойно... А у меня... кажется, нет характера...

Satin: Schaff dir einen an. Ist 'ne nützliche Sache ... Pause. Sag mal, Nastja – gehst du nicht öfters ins Krankenhaus?

Nastja: Weshalb?

Satin: Zu Natascha?

Nastja: Jetzt fragst du? Die ist längst heraus ... heraus und verschwunden! Nirgends ist sie zu finden ...

Satin: Also spurlos verschwunden ...

Kleschtsch: Bin neugierig, ob Wasjka die Wassilissa, oder Wassilissa den Wasjka gründlicher reinlegt ...

Nastja: Wassilissa? Die wird sich rausschwindeln! Die ist schlau. Den Wasjka werden sie wohl in die Zwangsarbeit schicken ...

Satin: Für Totschlag bei 'ner Schlägerei gibt's nur Gefängnis ...

Nastja: Schade. Zwangsarbeit wäre besser. Euch alle sollte man in die Zwangsarbeit schicken ... Wegfegen sollte man euch, wie einen Haufen Schmutz ... in 'ne Grube irgendwohin!

Satin verdutzt: Was fällt dir ein? Bist wohl verrückt geworden?

Der Baron: Ich hau dir gleich eine 'runter ... freches Ding!

Nastja: Versuch's mal! Rühr mich nur an!

Der Baron: Gewiss versuch ich's!

Satin: Lass sie, rühr sie nicht an! »Beleidige den Menschen nicht in ihr!«... Immer wieder fällt mir dieser Alte ein! Lacht laut. Beleidige den Menschen nicht in ihr! Und wenn man mich beleidigt hat – so, dass ich fürs ganze Leben genug habe –, was soll ich dann tun? Verzeihen? Nie und nimmer!

Der Baron zu Nastja: Merk dir's, du: Ich bin nicht deinesgleichen! Du ... Dirne!

Nastja: Ach, du ... Unglücklicher! Du lebst doch von mir, wie die Made vom Apfel ...

Die Männer lachen verständnisvoll.

Сатин. Заведи. Вещь — полезная...

Пауза.

Настя! Ты ходишь в больницу?

Настя. Зачем?

Сатин. К Наташе?

Настя. Хватился! Она — давно вышла... вышла и — пропала! Нигде ее нет...

Сатин. Значит — вся вышла...

Клещ. Интересно — кто кого крепче всадит? Васька — Василису, или она его?

Настя. Василиса — вывернется! Она — хитрая. А Ваську — в каторгу пошлют...

Сатин. За убийство в драке — только тюрьма...

Настя. Жаль. В каторгу — лучше бы... Всех бы вас... в каторгу... смести бы вас, как сор... куда-нибудь в яму!

Сатин (удивленно). Что ты? Свесилась?

Барон. Вот я ей в ухо дам... за дерзости!

Настя. Попробуй! Тронь!

Барон. Я — попробую!

Сатин. Брось! Не тронь... не обижай человека! У меня из головы вон не идет... этот старик! (Хохочет.) Не обижай человека!.. А если меня однажды обидели и — на всю жизнь сразу! Как быть? Простить? Ничего. Никому...

Барон (Насте). Ты должна понимать, что я — не чета тебе! Ты... мразь!

Настя. Ах ты несчастный! Ведь ты... ты мной живешь, как червь — яблоком!

Дружный взрыв хохота мужчин.

Kleschtsch: Dumme Gans! Ein schöner Apfel bist du ...

Der Baron: Soll man sich ärgern ... über solch eine ... Idiotin?

Nastja: Ihr lacht? Verstellt euch doch nicht! Euch ist's nicht zum Lachen ...

Der Schauspieler finster: Gib's ihnen gehörig!

Nastja: Wenn ich nur ... könnte! Ich würde euch alle ... Nimmt eine Tasse vom Tisch und wirft sie auf den Boden. So!

Der Tatar: Was zerschlägst du das Geschirr? He, du verdrehte Schraube?

Der Baron erhebt sich: Nein, ich muss ihr doch mal ... Manieren beibringen!

Nastja läuft fort: Hol euch der Teufel!

Satin ruft hinter ihr her: Hör endlich auf! Was soll das? Wem willst du hier bange machen?

Nastja: Ihr Wölfe! Krepieren sollt ihr! Wölfe!

Der Schauspieler finster: Amen!

Der Tatar: Uh! Böses Volk – diese russischen Weiber! Zu frech ... zu zügellos! Die Tatarin – die ist nicht so! Die Tatarin kennt das Gesetz!

Kleschtsch: 'nen Denkzettel müsste sie kriegen ...

Der Baron: So 'ne gern – meine Person!

Kleschtsch probiert die Harmonika: Fertig! Und ihr Besitzer lässt sich nicht sehen ... Der Junge treibt's toll ...

Satin: Nun trink mal!

Kleschtsch trinkt: Danke! 's ist Zeit, sich aufs Ohr zu legen ...

Satin: Gewöhnst dich nach und nach an uns?

Клещ. Ах... дура! Яблочко!

Барон. Нельзя... сердиться... вот идиотка!

Настя. Смеетесь? Врете! Вам — не смешно!

Актер (мрачно). Катай их!

Настя. Кабы я... могла! я бы вас (берет со стола чашку и бросает на пол) — вот как!

Татарин. Зачем посуда бить? Э-э... болванка!..

Барон (вставая). Нет, я ее сейчас... научу манерам!

Настя (убегая). Черт вас возьми!

Сатин (вслед ей). Эй! Полно! Кого ты пугаешь? В чем дело, наконец?

Настя. Волки! Чтоб вам издохнуть! Волки!

Актер (мрачно). Аминь!

Татарин. У-у! Злой баба — русский баба! Дерзкий... вольна! Татарка — нет! Татарка — закон знает!

Клещ. Трепку ей надо дать...

Барон. М-мерзавка!

Клещ (пробуя гармонию). Готова! А хозяина ее — все нет... Горит парнишка...

Сатин. Теперь — выпей!

Клещ. Спасибо! Да и на боковую пора...

Сатин. Привыкаешь к нам?

Kleschtsch trinkt und geht in die Ecke zur Pritsche: Es macht sich ... Überall – sind schließlich Menschen ... Anfangs sieht man das nicht so ... aber später, wenn man genauer zuschaut, zeigt sich's, dass überall Menschen sind ... Es macht sich alles ... Der Tatar breitet irgendetwas auf der Pritsche aus, kniet nieder und betet.

Der Baron zu Satin, auf den Tataren zeigend: Sieh doch!

Satin: Lass ihn ... 's ist ein guter Kerl ... stör ihn nicht! Lacht laut. Ich bin heut so weichherzig ... weiß der Teufel, wie das kommt!

Der Baron: Du bist immer weichherzig, wenn du angeheitert bist ... und so verständig bist du dann ...

Satin: Wenn ich angeheitert bin ... gefällt mir alles. Hm – ja ... Er betet? Sehr schön von ihm! Der Mensch kann glauben oder nicht glauben ... das ist seine Sache! Der Mensch – ist frei! ... Der Mensch – ist die Wahrheit! Was heißt überhaupt »Mensch«? Das bist nicht du, und nicht ich bin's, und nicht sie sind es ... nein! Sondern du, ich, sie, der alte Luka, Napoleon, Mohammed ... alle miteinander sind es! Zeichnet in der Luft die Umrisse einer menschlichen Gestalt. Verstanden! Das ist – etwas ganz Großes! Das ist etwas, worin alle Anfänge stecken und alle Enden ... Alles im Menschen, alles für den Menschen. Nur der Mensch allein existiert, alles übrige – ist das Werk seiner Hände und seines Gehirns! Der M–ensch! Einfach großartig! So erhaben klingt das! M–men–nsch! Man soll den Menschen respektieren! Nicht bemitleiden ... nicht durch Mitleid erniedrigen soll man ihn ... sondern respektieren! Trinken wir auf das Wohl des Menschen, Baron! Wie schön ist's doch – sich als Mensch zu fühlen! Ich ... bin ein ehemaliger Sträfling, ein Totschläger, ein Falschspieler ... na ja! Wenn ich auf die Straße gehe, gucken die Leute mich an, als wäre ich der ärgste Spitzbube ... sie gehen mir aus dem Wege, sie starren hinter mir her ...und öfters sagen sie zu mir: Halunke! Windbeutel! Warum arbeitest du nicht? ... Arbeiten? Wozu? Um satt zu werden? Lacht laut auf. Ich habe die Menschen immer verachtet, die um das Sattwerden gar zu besorgt sind. Nicht darauf kommt's an, Baron! Nicht darauf! Der Mensch ist die Hauptsache! Der Mensch steht höher als der satte Magen! Erhebt sich von seinem Platz.

Клещ (выпив, отходит в угол к нарам). Ничего... Везде — люди... Сначала — не видишь этого... потом — поглядишь, окажется, все люди... ничего!

Татарин расстилает что-то на нарах, становится на колени и — молится.

Барон (указывая Сатину на Татарина). Гляди!

Сатин. Оставь! Он — хороший парень... не мешай! (Хохочет.) Я сегодня — добрый... черт знает почему!..

Барон. Ты всегда добрый, когда выпьешь... И умный...

Сатин. Когда я пьян... мне все нравится. Н-да... Он — молится? Прекрасно! Человек может верить и не верить... это его дело! Человек — свободен... он за все платит сам: за веру, за неверие, за любовь, за ум — человек за все платит сам, и потому он — свободен!.. Человек — вот правда! Что такое человек?.. Это не ты, не я, не они... нет! — это ты, я, они, старик, Наполеон, Магомет... в одном! (Очерчивает пальцем в воздухе фигуру человека.) Понимаешь? Это — огромно! В этом — все начала и концы... Всё — в человеке, всё для человека! Существует только человек, все же остальное — дело его рук и его мозга! Чело-век! Это — великолепно! Это звучит... гордо! Че-ло-век! Надо уважать человека! Не жалеть... не унижать его жалостью... уважать надо! Выпьем за человека, Барон! (Встает.) Хорошо это... чувствовать себя человеком!.. Я — арестант, убийца, шулер... ну, да! Когда я иду по улице, люди смотрят на меня как на жулика... и сторонятся и оглядываются... и часто говорят мне — «Мерзавец! Шарлатан! Работай!» Работать? Для чего? Чтобы быть сытым? (Хохочет.) Я всегда презирал людей, которые слишком заботятся о том, чтобы быть сытыми... Не в этом дело, Барон! Не в этом дело! Человек — выше! Человек — выше сытости!..

Der Baron schüttelt den Kopf: Du denkst nach über die Dinge ... Das ist vernünftig ... das wärmt dir das Herz ... Mir ist's nicht gegeben. Sieht sich vorsichtig um und fährt leise fort. Ich fürchte mich manchmal, Bruder ... verstehst du! Ich verlier den Mut, denn ich sage mir: Was weiter?

Satin geht auf und ab: Dummes Zeug! Vor wem soll der Mensch sich fürchten?

Der Baron: Soweit ich zurückdenken kann, siehst du ... war's mir immer, als ob ein Nebel auf meinem Gehirn läge. Ich wusste nie recht, was mit mir los war ... fühlte mich immer, als ob ich mein Leben lang mich nur an- und ausgezogen hätte ... warum? Keine Ahnung! Ich habe gelernt ... habe die Uniform einer adeligen Erziehungsanstalt getragen ... aber was ich gelernt habe? Keine Ahnung ... Ich habe geheiratet – zog einen Frack an, dann einen Schlafrock ... nahm mir ein Scheusal von Weib – warum? Keine Ahnung ... Ich hab alles durchgebracht, was da war – und trug ein schäbiges graues Jackett und fuchsige Hosen ... aber wie ich eigentlich auf den Hund gekommen bin? Nicht die blasseste Ahnung ... Ich wurde beim Kameralhof angestellt ... bekam eine Uniform, eine Mütze mit Kokarde ... ich unterschlug amtliche Gelder ... zog den Sträflingskittel an ... dann – zog ich das hier an ... Und alles ... geschah wie im Traum ... lächerlich, was?

Satin: Nicht sehr ... Ich find's eher dumm ...

Der Baron: Ja ... auch mir scheint es dumm ... Aber irgendeinen Zweck muss es doch haben, dass ich geboren wurde ... wie?

Satin lacht: Schon möglich ... Der Mensch wird um des Tüchtigsten willen geboren! Nickt mit dem Kopf. Stimmt ... ausgezeichnet.

Der Baron: Diese ... Nastjka ... Läuft einfach fort ... will doch mal sehen, wo sie steckt! Es ist doch immer ... Ab. Pause.

Der Schauspieler: Du, Tatar! Pause. Tatar! Der Tatar wendet den Kopf nach ihm um. Bete für mich ...

Барон (качая головой). Ты — рассуждаешь... Это — хорошо... это, должно быть, греет сердце... У меня — нет этого... я — не умею! (Оглядывается и — тихо, осторожно.) Я, брат, боюсь... иногда. Понимаешь? Трушу... Потому — что же дальше?

Сатин (уходит). Пустяки! Кого бояться человеку?

Барон. Знаешь... с той поры, как я помню себя... у меня в башке стоит какой-то туман. Никогда и ничего не понимал я. Мне... как-то неловко... мне кажется, что я всю жизнь только переодевался... а зачем? Не понимаю! Учился — носил мундир дворянского института... а чему учился? Не помню... Женился — одел фрак, потом — халат... а жену взял скверную и — зачем? Не понимаю... Прожил все, что было, — носил какой-то серый пиджак и рыжие брюки... а как разорился? Не заметил... Служил в казенной палате... мундир, фуражка с кокардой... растратил казенные деньги, — надели на меня арестантский халат... потом — одел вот это... И всё... как во сне... а? Это... смешно?

Сатин. Не очень... скорее — глупо...

Барон. Да... и я думаю, что глупо... А... ведь зачем-нибудь я родился... а?

Сатин (смеясь). Вероятно... Человек рождается для лучшего! (Кивая головой.) Так... хорошо!

Барон. Эта... Настька!.. Убежала... куда? Пойду, посмотрю... где она? Все-таки... она... (Уходит.)

Пауза.

Актер. Татарин!

Пауза.

Князь!

Татарин поворачивает голову.

За меня... помолись...

Der Tatar: Was willst du?

Der Schauspieler leiser: Beten sollst du ... für mich! ...

Der Tatar nach kurzem Schweigen: Bete doch selber ...

Der Schauspieler klettert rasch vom Ofen herunter, tritt an den Tisch heran, gießt sich mit zitternder Hand ein Glas Branntwein ein, trinkt und geht hastig, fast laufend, in den Hausflur. Jetzt geh ich!

Satin: He – du, Sikambrer! Wohin? Er pfeift. Medwedew, in einer wattierten Frauenjacke, und Bubnow kommen herein – beide ein wenig angeheitert. Bubnow trägt in der einen Hand ein Bund Brezeln, in der andern ein paar geräucherte Fische, unter dem Arm eine Flasche Branntwein, in der Rocktasche eine zweite.

Medwedew: Das Kamel ist ... 'ne Art Esel, sozusagen. Nur dass es keine Ohren hat ...

Bubnow: Hör endlich auf! Bist selber – eine Art Esel.

Medwedew: Ohren hat das Kamel überhaupt nicht! Es hört mit den Nasenlöchern ...

Bubnow zu Satin: Herzensfreund! Ich hab dich in allen Schenken und Spelunken gesucht! Nimm mir die Flasche ab, ich hab keine Hand frei ...

Satin: Leg doch die Brezeln auf den Tisch, dann hast du gleich eine Hand frei ...

Bubnow: Stimmt! Du bist doch ... Hast du gehört, Mann des Gesetzes? Das ist 'n Schlaukopf!

Medwedew: Alle Gauner – sind schlau ... Das weiß ich längst! Was sollten sie ohne Schlauheit anfangen? Ein unordentlicher Mensch – der kann auch dumm sein; doch ein Spitzbube muss Grütze im Kopfe haben. Aber wegen des Kamels, Bruder ... bist du schiefgewickelt ... Ein Kamel ist 'n Reittier, sag ich ... Hörner hat es nicht ... und Zähne auch nicht ...

Bubnow: Wo steckt denn die ganze Gesellschaft? Kein Mensch da! Heda, kommt doch ran ... ich spendier heut! Wer sitzt denn dort im Winkel?

Татарин. Чего?

Актер (тише). Помолись... за меня!..

Татарин (помолчав). Сам молись...

Актер (быстро слезает с печи, подходит к столу, дрожащей рукой наливает водки, пьет и — почти бежит — в сени). Ушел!

Сатин. Эй ты, сикамбр! Куда? (Свистит.)

Входят — Медведев в женской ватной кофте и Бубнов; оба — выпивши, но не очень. В одной руке Бубнова — связка кренделей, в другой — несколько штук воблы, под мышкой — бутылка водки, в кармане пиджака — другая.

Медведев. Верблюд — он вроде... осла! Только без ушей...

Бубнов. Брось! Ты сам — вроде осла.

Медведев. Ушей вовсе нет у верблюда... он — ноздрей слышит...

Бубнов (Сатину). Друг! Я тебя искал по всем трактирам-кабакам! Возьми бутылку, у меня все руки заняты!

Сатин. А ты — положи крендели на стол — одна рука освободится...

Бубнов. Верно! Ах ты... Бутарь, гляди! Вот он, а? Умница!

Медведев. Жулики — все умные... я знаю! Им без ума — невозможно. Хороший человек, он — и глупый хорош, а плохой — обязательно должен иметь ум. Но насчет верблюда, ты — неверно... он — животная ездовая... рогов у него нет... и зубов нет...

Бубнов. Где — народ? Отчего здесь людей нет? Эй, вылезай... я — угощаю! Кто в углу?

Satin: Hast wohl bald alles verjuxt, Vogelscheuche?

Bubnow: Das versteht sich! Diesmal war's Kapitälchen nur ganz klein ... das ich zusammengescharrt hatte ... Schiefkopf! Wo ist denn der Schiefkopf?

Kleschtsch tritt an den Tisch heran: Er ist nicht da ...

Bubnow: U-u-rrr! Bulldogge! Brlju, brlju! brlju! Puterhahn! Nur nicht bellen, nur nicht knurren! Trink, schmause. Lass den Kopf nicht hängen ... ich halte alle frei! Das tu ich zu gern, Bruder! Wenn ich ein reicher Mann wäre ... ich machte 'ne Schenke auf, in der alles umsonst zu haben wäre! Bei Gott! Mit Musik und einen Sängerchor ... Immer ran, trinkt, esst, hört zu ... erquickt eure Seele! Nur herein zu mir, armer Mann ... in meine Gratiskneipe! Satin! Bruder! Ich möchte dich ... da, nimm die Hälfte meiner sämtlichen Kapitalien! Da, nimm sie!

Satin: Gib mir nur gleich alles ...

Bubnow: Alles? Mein ganzes Kapital? Sollst du haben ... da! Ein Rubel! Noch einer ... ein Zwanziger ... ein paar Fünfer ... ein paar Zweikopekenstücke ... das ist alles!

Bubnow: Schön ... Bei mir ist's sicherer aufgehoben ... ich gewinne damit mein Geld zurück ...

Medwedew: Ich bin Zeuge ... Du hast ihm das Geld in Verwahrung gegeben ... wie viel war's doch?

Bubnow: Du? Du bist – ein Kamel ... Wir brauchen keine Zeugen ...

Aljoschka kommt mit nackten Füßen herein: Kinder! Ich hab mir die Füße nass gemacht!

Bubnow: Komm – mach dir auch die Gurgel nass ... dann klappt die Sache wieder! Bist 'n lieber Kerl ... singst und musizierst ... sehr nett von dir! Aber – saufen ... solltest du nicht! Das Saufen ist nämlich schädlich, Bruder ... sehr schädlich! ...

Aljoschka: Das seh ich an dir! Du bist erst ein Mensch, wenn du einen Weg hast ... Kleschtsch! Ist meine Harmonika repariert? Singt und tanzt dazu.

Сатин. Скоро ты пропьешься? Чучело!

Бубнов. Я — скоро! В этот раз капитал я накопил — коротенький... Зоб! Где Зоб?

Клещ (подходя к столу). Нет его...

Бубнов. У-у-ррр! Барбос! Бррю, брлю, брлю! Индюк! Не лай, не ворчи! Пей, гуляй, нос не вешай... Я — всех угощаю! Я, брат, угощать люблю! Кабы я был богатый... я бы... бесплатный трактир устроил! Ей-богу! С музыкой и чтобы хор певцов... Приходи, пей, ешь, слушай песни... отводи душу! Бедняк-человек... айда ко мне в бесплатный трактир! Сатин! Я бы... тебя бы... бери половину всех моих капиталов! Вот как!

Сатин. Ты мне сейчас отдай все...

Бубнов. Весь капитал? Сейчас? На! Вот — рубль... вот еще... двугривенный... пятаки... семишники... все!

Сатин. Ну и ладно! У меня — целее будет... Сыграю я на них...

Медведев. Я — свидетель... отданы деньги на сохранение... числом — сколько?

Бубнов. Ты? Ты — верблюд... Нам свидетелей не надо...

Алешка (входит босый). Братцы! Я ноги промочил!

Бубнов. Иди — промочи горло... Только и всего! Милый ты... поёшь ты и играешь, очень это хорошо! А — пьешь — напрасно! Это, брат, вредно... пить — вредно!..

Алешка. По тебе вижу! Ты — только пьяный и похож на человека... Клещ! Гармошку — починил? (Поет, приплясывая.)

Wär ich nicht so 'n schmucker,
Netter, frischer Knabe,
würde mich die Frau Gevatter'n
Nicht so gerne haben!

Ganz erfroren bin ich, Kinder! 's ist kalt!

Medwedew: Hm ... und wenn man fragen darf: Wer ist denn die Frau Gevatterin?

Bubnow: Du – das gewöhn dir ab! Du hast jetzt gar nichts zu fragen! Bist kein Polizist mehr ... abgemacht! Weder Polizist noch Onkel bist du ...

Aljoschka: Sondern einfach – Tantchens Mann!

Bubnow: Von deinen Nichten sitzt die eine im Loch und die andre liegt im Sterben ...

Medwedew wirft sich in die Brust: Das ist nicht wahr! Sie liegt nicht im Sterben: Sie ist einfach verschollen! Satin lacht laut auf.

Bubnow: Ganz gleich, Bruder! Ein Mensch ohne Nichten – ist kein Onkel!

Aljoschka: Ew. Exzellenz! Pensionierter Tambour von der Löffelgarde!

Geld hat die Gevatter'n,
Ich hab keinen Groschen –
Dafür bin ich allerwegen
Einer von den Forschen!

Brr! 's ist kalt! Schiefkopf kommt herein; dann, bis zum Ende des Aufzugs, folgen noch ein paar Gestalten. Männer und Weiber. Sie entkleiden sich, strecken sich auf den Pritschen aus und brummen vor sich hin.

Schiefkopf: Warum bist du fortgelaufen, Bubnow?

Bubnow: Komm her, setz dich! Wollen was singen, Bruder! Mein Lieblingslied ... was?

Der Tatar: Jetzt ist Nacht, da wird geschlafen! Singt am Tage!

Эх, кабы мое рыло
Не красиво было —
Так меня бы кума моя
Вовсе не любила!

Озяб я, братцы! Х-холодно!

Медведев. Мм... а если спросить — кто такая кума?

Бубнов. Отстань! Ты, брат, теперь — тю-тю! Ты уж не бутошник — кончено! И не бутошник, и не дядя...

Алешка. А просто — теткин муж!

Бубнов. Одна твоя племянница — в тюрьме, другая — помирает...

Медведев (гордо). Врешь! Она — не помирает, она у меня без вести пропала!

Сатин хохочет.

Бубнов. Все равно, брат! Человек без племянниц — не дядя!

Алешка. Ваше превосходительство! Отставной козы барабанщик! У кумы — есть деньги,

У меня — ни гроша!
Зато я веселый мальчик.
Зато я хороший!

Холодно!

Входит Зоб; потом — до конца акта — еще несколько фигур мужчин и женщин. Они раздеваются, укладываются на нары, ворчат.

Кривой Зоб. Бубнов! Ты чего сбежал?

Бубнов. Иди сюда! Садись... запоем мы, брат! Любимую мою... а?

Татарин. Ночь — спать надо! Песня петь днем надо!

Satin: Lass sie doch, Fürst! Komm mal her!

Der Tatar: »Lass sie doch« – so! 's gibt Spektakel ... wenn gesungen wird.

Bubnow geht zu ihm hin: Was macht die Hand, Tatar? Hat man sie dir schon abgeschnitten?

Der Tatar: Warum abgeschnitten? Wollen noch warten ... vielleicht ist's nicht nötig, sie abzuschneiden ... eine Hand ist nicht von Eisen ... 's ist rasch gemacht, das Abschneiden ...

Schiefkopf: 's ist eine faule Sache, Hassanka! Was bist du ohne Hand? Bei unsereinen fragen sie bloß nach den Händen und nach dem Buckel ... Ein Mensch ohne Hand – ist überhaupt kein Mensch! Kann sich einfach begraben lassen ... Komm, trink ein Gläschen mit uns ...

Kwaschnja tritt ein: Ach, meine lieben Mieter! Ist das 'n Hundewetter draußen! Ein Matsch und eine Kälte ... ist mein Polizist da? Heda, Wachtmeister!

Medwedew: Hier bin ich ...

Kwaschnja: Hast du wieder meine Jacke an? Was ist denn mit dir? Ich glaube gar, du hast 'n bisschen ... na, das fehlte noch!

Medwedew: Bubnow ... hat Geburtstag ... und 's ist so kalt ... so 'n Matsch!

Kwaschnja: Ich will dich lehren ... so 'n Matsch! Nur nicht über die Stränge schlagen ... Geh schlafen! ...

Medwedew ab in die Küche: Schlafen gehen? Das kann ich ... das will ich tun ...'s ist Zeit! Ab.

Satin: Warum bist du denn so streng gegen ihn?

Kwaschnja: Es geht nicht anders, lieber Freund. Ein Mann wie der muss streng gehalten werden. Zum Spaß hab ich ihn mir nicht genommen! Er ist 'n Militär, dacht ich ... und ihr seid ein wüstes Volk ... da wird ich als Weib nicht allein fertig mit euch ... nu fängt er mir an zu saufen – nee, mein Junge, das gibt's nicht!

Satin: Hast deinen Assistenten schlecht gewählt ...

Сатин. Ну, ничего, князь! Ты — иди сюда!

Татарин. Как — ничего? Шум будет... когда песня поют, шум бывает...

Бубнов (идя к нему). Князь! Что — рука? Отрезали тебе руку?

Татарин. Зачем? Погодим... может — не надо резать.... Рука — не железный, резать — недолго...

Кривой Зоб. Яман твое дело, Асанка! Без руки ты — никуда не годишься! Наш брат по рукам да по спине ценится... Нет руки — и человека нет! Табак твое дело!.. Иди водку пить... больше никаких!

Квашня (входит). Ах, жители вы мои милые! На дворе-то, на дворе-то! Холод, слякоть... Бутошник мой здесь? Бутарь!

Медведев. Я!

Квашня. Опять мою кофту таскаешь? И как будто ты... немножко того, а? Ты что же это?

Медведев. По случаю именин... Бубнов... и — холодно... слякоть!

Квашня. Ты гляди у меня... слякоть! Не балуй... Иди-ка спать...

Медведев (уходит в кухню). Спать — я могу... я хочу... пора!

Сатин. Ты чего... больно строга с ним?

Квашня. Нельзя, дружок, иначе. Подобного мужчину надо в строгости держать. Я его в сожители взяла, — думала, польза мне от него будет... как он — человек военный, а вы — люди буйные... мое же дело — бабье... А он — пить! Это мне ни к чему!

Сатин. Плохо ты выбрала помощника...

Kwaschnja: Nee, lass mal – er ist ganz gut ... du willst mich ja nicht haben! Und wenn du mich schließlich auch wolltest – länger als acht Tage würde die Herrlichkeit nicht dauern ... Mit Haut und Haaren würdest du mich verspielen!

Satin lacht laut auf: Das stimmt! Verspielen würd ich dich ...

Kwaschnja: Na also! Aljoschka!

Aljoschka: Hier ist er ...

Kwaschnja: Sag mal – was hast du über mich geschwatzt?

Aljoschka: Ich? Allerhand! Alles schwatz ich, was ich verantworten kann! Das ist 'n Weib! sag ich. Ein ganz erstaunliches Weib! Fleisch, Fett, Knochen – über drei Zentner, und Gehirn – nicht 'n halbes Lot.

Kwaschnja: Na, da lügst du, mein Junge. Ich hab sogar ein ganz ansehnliches Gehirn ... Nein – warum erzählst du den Leuten, dass ich meinen Polizisten prügle?

Aljoschka: Ich dachte, weil du ihn an den Haaren zerrst ... das ist doch so gut wie geprügelt ...

Kwaschnja lacht: Dummer Kerl! Wozu den Schmutz aus dem Hause tragen? ... Das muss ihn doch kränken ... Aus lauter Ärger über dein Geklätsch hat er zu trinken angefangen ...

Aljoschka: Sieh mal an! Also ist's doch wahr, was das Sprichwort sagt: dass auch das Huhn trinkt! Satin und Kleschtsch lachen.

Kwaschnja: Bist du aber witzig! Und sag mal, was bist du eigentlich für 'n Früchtchen, Aljoschka?

Aljoschka: Ich bin ein Kerl, der in die Welt passt! Allerfeinste Sorte! Wohin mein Auge sieht – dahin mein Herz mich zieht!

Bubnow an der Pritsche des Tataren: Komm! Schlafen lassen wir dich doch nicht! Wollen heute singen ... die ganze Nacht! Was, Schiefkopf?

Schiefkopf: Können wir machen ...

Aljoschka: Ich begleite ...

Квашня. Нет — лучше-то... Ты со мной жить не захочешь... ты вон какой! А и станешь жить со мной — не больше недели сроку... проиграешь меня в карты со всей моей требухой!

Сатин (хохочет). Это верно, хозяйка! Проиграю...

Квашня. То-то! Алешка!

Алешка. Вот он — я!

Квашня. Ты — что про меня болтаешь?

Алешка. Я? Все! Все, по совести. Вот, говорю, баба! Удивительная! Мяса, жиру, кости — десять пудов, а мозгу — золотника нету!

Квашня. Ну, это ты врешь! Мозг у меня даже очень есть... Нет, ты зачем говоришь, что я бутошника моего бью?

Алешка. Я думал, ты его била, когда за волосы таскала...

Квашня (смеясь). Дурак! А ты — будто не видишь. Зачем сор из избы выносить?.. И, опять же, обидно ему... Он от твоего разговору пить начал...

Алешка. Стало быть, правду говорят, что и курица пьет!

Сатин, Клещ — хохочут.

Квашня. У, зубоскал! И что ты за человек, Алешка?

Алешка. Самый первый сорт человек! На все руки! Куда глаз мой глянет, туда меня и тянет!

Бубнов (около нар Татарина). Идет! Все равно — спать не дадим! Петь будем... всю ночь! Зоб!

Кривой Зоб. Петь? Можно...

Алешка. А я — подыграю!

Satin: Und wir hören zu!

Der Tatar schmunzelnd: Na, alter Satan Bubna... schenk mir ein Glas ein! »Wollen schwelgen, wollen trinken – bis dass uns der Tod tut winken!«

Bubnow: Schenk ihm ein, Satin! Schiefkopf, setz dich! Ach, Brüder! Wie wenig braucht doch der Mensch zum Glück! Ich zum Beispiel – nur ein paar Schlückchen hab ich getrunken... und bin kreuzfidel! Schiefkopf, fang an... mein Lieblingslied! Singen will ich... und weinen! ...

Schiefkopf stimmt ein Lied an: »Auf und nieder geht die Sonne ...« Bubnow fällt ein. »... dunkel bleibt mein Kerker doch ...« Die Tür wird heftig aufgerissen.

Der Baron auf der Schwelle stehend, schreit: Heda... Ihr! Kommt rasch... kommt mal raus ! Auf dem Platze... dort... hat sich der Schauspieler... erhängt! Schweigen. Alle sehen den Baron an. Hinter seinem Rücken erscheint Nastja, die langsam, mit weit geöffneten Augen, auf den Tisch zugeht.

Satin leise: Muss uns der das Lied verderben... der Narr!

Vorhang.

Сатин. Послушаем!

Татарин (улыбаясь). Ну, шайтан Бубна... подноси вина! Пить будим, гулять будим, смерть пришол — помирать будим!

Бубнов. Наливай ему, Сатин! Зоб, садись! Эх, братцы! Много ли человеку надо? Вот я — выпил и — рад! Зоб!.. Затягивай... любимую! Запою... заплачу!..

Кривой Зоб (запевает).

Со-олнце всходит и захо-оди-ит...

Бубнов (подхватывая).

А в тюрьме моей темно-о!

Дверь быстро отворяется.

Барон (стоя на пороге, кричит). Эй... вы! Иди... идите сюда! На пустыре... там... Актер... удавился!

Молчание. Все смотрят на Барона. Из-за его спины появляется Настя и медленно, широко раскрыв глаза, идет к столу.

Сатин (негромко). Эх... испортил песню... дур-рак!

Занавес.